青春選讀

江戸川亂步

目次

編輯室報告

他用文字捏出寂寞的形狀

逗點文創結社 總編輯
陳夏民

曾有一個朋友，經歷各式愛情翻車現場之後，在我們兩人在餐酒館用餐時，先是緊張地探探旁桌顧客是否偷聽，然後趁著微醺的酒意低聲說道：「我好慘，如果我沒有被生下來就好了。」

他在愛情世界反覆失敗，有一大原因在於不可告人的性癖。他總是小心試探對方的尺度，深怕引起懷疑，甚至擔心被厭惡、被嫌髒。「我們明明是穩交狀態，也都是成年人了，但我再怎麼樣都無法得到滿足，也無法滿足對方。」他咬緊牙關，反覆咀嚼不知道該如何發洩的微微恨意。

有一種寂寞，是領悟自身性癖可能無法得到伴侶的認可——那癖好可能十分簡單，甚至有些無聊，但羞恥得讓人下地獄。

在我們的教育裡，能夠好好討論性教育，已經是這個時代很大的進步了。但當我們理解性的正面積極意義，學會如何保護自己、善待他人之餘，是否也有機會發現每一個人都不一樣，因此擁有不同的性癖其實非常自然，而不會在深夜裡抱著棉被哭著辱罵自己是個與幸福絕緣的怪胎？

初讀江戶川亂步的作品，很容易浮現變態二字。但在他絕妙的人性描述下，無論是施虐、戀物或是單純的感情諜對諜，多元欲望都被他捏成了完整的形體，讀者可以從各個角度觀賞，把玩，細細品味人與人之間的為難與羞恥，狂愛與暴怒，甚至嗅出每一角色不惜化身惡魔也想要活著、想要滿足性欲的那種絕、望、純、愛。

出版這本江戶川亂步的選輯，或許也是為了那位朋友。儘管我們已經失聯，還是希望他能在書店裡發現這一本書，好好讀過一次，理解性癖因人而異，非常正常，讓他有勇氣告訴自己：「我不是怪胎，我其實也是天使一般的孩子。」

領讀

將自己藏好，
放任感官超展開

中央大學中國文學系副教授
李欣倫

童年時代，我曾迷上《哆啦Ａ夢》，因過分喜愛那只抽屜時光機，而坐進當時愛王書桌的抽屜，幻想回到過去。我也記得孩童階段玩捉迷藏時，躲進母親衣櫃的記憶：黑暗的狹窄空間，有刺鼻的樟腦氣味，絲緞的、毛料的、針織的各式材質衣裙，摩挲著我的臉頰，那是最早也最美的感知經驗。直到我成為母親，有次購買新冰箱，尚未立即處理掉的大型紙箱，卻意外成為孩子的遊戲場，他們直立、橫放，小小身軀踩著凳子，爬入紙箱，躲在裡頭，又是畫畫又是打滾，彷彿覓得最舒適的洞窟。玩了一年，紙箱幾乎變形，還不讓我丟。

看起來，我們都有一種躲起來的本能和欲望。密閉實則通風的狹小空間，反倒充實我們的安全感，任我們開心摺疊又敞開自己，感官地圖被點亮。在這裡，我是大寫，是加黑的粗體字，不用顧慮社會輿論和旁人眼光，甚至，有些人因此貪愛這種困縮、被禁錮的感受。

空間逼仄，感官卻是超展開。

收入本書的四篇小說〈人間椅子〉、〈芋蟲〉、〈阿勢登場〉和〈和貼畫旅行的人〉，共通的主題就是小說的主人公，出於不同原因，自願或被迫屈身在一個極為逼仄的空間。他們或以奇異的姿態生存，打磨了敏銳的感官：或在椅子中開鑿出安放肢體的空間；或以殘軀完成不可能的華麗體操；或在無盡的黑暗與恐懼中，於死神面前以指甲刮擦出被害的訊息；或從有限的現實中，步向無限的虛擬空間，開展無人知曉的第二人生。

值得留意的是，小說建構的並非像奇幻文學中的空間，例如主角因打開衣櫃或跌入樹洞，邁向另一個炫奇的世界，經歷冒險。相對來說，除了〈和貼畫旅行的人〉中的畫像彷彿通於幻境和夢境，其餘三篇小說的空間不通往何處，無論是椅子中的夾層、閣樓和古井、成為棺材的長持還是畫像，收納的是一個靜止且封閉的空間，即使主角蜷縮身軀，以殘軀苟活，不像奇幻小說那樣在繽紛的世界裡闖關打怪，但江戶川亂步卻賦予他們超越常人的能力，尤其是敏銳而細緻的感官。

在〈人間椅子〉中，小說家便對身體感知有深入細緻的描繪。自認醜陋又懦弱的男子，在現實世界中怯於接近任何異性，但當他躲進椅子世界時，卻能隨意親近並碰觸女體，他將這種奇異的經驗形容為「椅中之戀」：「那是僅有觸覺、聽覺與些微嗅覺的戀情，是暗黑世界中的戀情。」作者也用「惡魔國度的愛欲」來形容。無論是「暗黑世界」還是「惡魔國度」，這兩個修辭飽含著作者對現實世界的質疑：大多數的戀情，常都由視覺而起，但這篇小說卻挑戰了常人對視覺的仰賴，想像一個單純由觸覺、聽覺與嗅覺建構起來的戀情，即使是單戀。除此之外，小說的結尾又進行一次翻轉，再度打破了讀者預設的框架，相當精彩。

頂尖的小說家總能在日常中看到「非常」，而這個「非常」也包含了諸多值得深思的議題。〈芋蟲〉的主角須永中尉是個「非常人」：沒有手腳，沒有聽力，僅剩視覺和觸覺，在妻子眼中充其量只是「黃色的肉塊」，小說家以各種譬喻具象殘疾者的形象：「巨大的黃色毛蟲」、「畸形人肉陀螺」。但詭異的是，妻子卻對殘疾丈夫生出熱烈奇詭的肉欲，她「如大雨傾注般親吻他那歪嘴和發出光澤的巨大疤痕」，然而，她的心情是複雜的：「為了將對方醜陋的長相拋諸腦後，硬是誘使自己進入甜美的亢奮之中，另一個原因則是她想要恣意妄為地欺凌這個完全失去起居自由的悲哀殘廢。」江戶川亂步對人性中的赤裸情欲和隱性暴力，毫無保留地揭露出來，殘虐程度隨著情節逐漸加碼，帶領讀者在呼吸急促和眼睛睜大的閱讀過程中，輪番領受複雜的人性滋味，反思愛與痛的命題，而這驚悚故事的背後，更折射出戰爭的暴虐本質。

這種暴虐隱藏在內心深處。小說家藉由人物刻畫，讓讀者縮短與惡的距離，清楚看到惡意的形狀。〈阿勢登場〉裡有一段格太郎臨死前的描寫，小說家刻畫他待在長持中的窒息感受，當呼吸越來越艱難，「唯有吸氣時會發出怪異的聲音，像魚在陸地上擱淺般持續著。他的嘴巴張大，上下排牙齒甚至如骸骨般露出牙齦。」令人驚駭的不僅如此，小說家繼續寫下比死亡更致命也更絕望的故事，登場的看起來是阿勢，但其實是始終存在於人性中的深層惡念，江戶川亂步彷彿製作標本般，精細展現了阿勢的內心戲，讓人性的核心被看見。

〈和貼畫旅行的人〉也有一個超越意識界的異世界，這一次，古風望遠鏡則成為那條從「常」到「非常」的通道。

這篇小說描述「我」在夜晚火車上，遇見一位攜帶貼畫的老人，透過古風望遠鏡的凝望，貼畫中的老人和少女，竟像活生生的真人。老人在「我」觀畫後，說起自己和兄長的故事，隨著敘事開展，我也同步感受到小說中的那一段話：「在那一瞬間，我和他們似乎到了另一個超越自然法則，與現實相違的世界。」不過，在這篇小說中，江戶川亂步則讓我們靠近愛，想像愛的多種可能與形式，奇詭，但甜蜜。

四篇小說都帶著「非常」和驚悚的味道，裡面表達的情感與情緒，非常貼近我們，讓我們得以直視內心深處的、如火焰跳動閃爍的眾多訊息。

如果你也渴望一個無人知曉的洞窟、通道、閣樓、夾層甚至畫框內的世界，可以祕密練習「去視覺化」的黑暗戀愛，豢養著供你操控的玩物，細數你內心那些壞念頭，在另一個規則與邏輯崩解的幻境裡，放心去愛，親暱地與愛人享受溫柔的撫觸，那麼，這四篇故事很適合作為你的祕密基地，安置你的所有情感記憶，容許你，將脆弱的自己，藏起來。

李欣倫——中央大學中國文學系副教授。出版《藥罐子》、《此身》及《以我為器》等散文集。《以我為器》獲二〇一八年國際書展非小說類大獎，亦入選《文訊》「二十一世紀上升星座：一九七〇後台灣作家作品評選」中二十本散文集之一。

STORY 01

人間椅子

佳子每天早上送丈夫出勤後往往已過十點，而她這才終於有了自己的時間，前往洋館並窩在和丈夫共用的書齋裡已成慣例。這時，她正在為 K 雜誌今年夏天的增量版，著手創作長篇作品。

身為一位才貌兼備的女作家，佳子在當時蔚為知名，甚至連擔任外務省書記官的丈夫都顯得幾無存在感。這樣的她，每天總會收到好幾封素不相識的崇拜者來信。

這天早上，佳子一如往常坐在書桌前，但在開始寫作之前，她必須先讀過那些來自陌生人的信件。

那些信件裡想必全是無聊的詞句，但基於女性的溫柔體貼，無論是什麼樣的信件，只要是寫給自己的，她總會姑且讀過一遍。

她從簡短的開始看起，讀完一張明信片和兩封書信後還剩下一件，那似乎是一疊頗有分量的文稿。她並未額外收到通知信，但截至目前，突然有人寄來稿件是家常便飯。那些大多是冗長又極其無趣的劣作，但佳子仍想姑且一看作品標題，便拆開信封，取出裡頭的紙疊。

果不其然，那是一疊裝訂起來的稿紙，但不知為何，沒有標題也沒有署名，劈頭就直呼「夫人」。佳子感到奇怪，心想這難道是一封書信，沒想太多地瀏覽了兩、三行，此時便莫名有了異常且不快的預感。天生的好奇心驅使她接連往下讀。

夫人：

對夫人而言，我是個素昧平生的男子，但還請您千萬原諒我突然寄來如此無禮的信件。

若我說出這種事，夫人肯定會大為震驚，但現在我要向您坦承自己犯下的，極為詭怪的罪行。

我從人間銷聲匿跡好幾個月，持續過著惡魔般的生活。在這廣大的世界，當然沒有任何人知道我的所作所為。假如沒有意外的話，我或許就此永遠不返回人間了。

然而，最近我的內心起了不可思議的變化，無論如何都得為自己不幸的境遇懺悔。但若我只這樣說，大概有許多地方令您感到疑惑，所以請您姑且將這封信讀到最後。如此一來，我為何會有這樣的感受，又為何不得不請您傾聽我的自白，這些疑問應該都將全部明朗。

那麼，我該從何寫起呢？由於事實太過悖於常理又光怪陸離，透過信件這種人類世界常用的方法來傳達令我感到特別羞恥，難以下筆。然而，即使猶豫也於事無補，總之我就依序從事情的開頭寫起吧。

我生得一張醜陋至極的容貌，請您務必牢牢記住這一點，否則若您願意包容我這失禮的請求，和我見上一面，由於長年過著不健康的生活，我這只能以醜陋形容的長相變得更加不忍卒睹，倘若這糟糕的模樣讓您在毫無心理準備的情沉下瞧見了，這對我而言是件難堪的事。

我這個男人的出身是多麼不幸啊！儘管容貌長得如此醜陋，但內心卻有一股不為人知的熾烈熱情熊熊燃燒。我不自量力地嚮往各式各樣甜美而奢侈的「夢」，它們令我遺忘現實，遺忘自己生得一張鬼怪般的相貌，而且不過是個一貧如洗的小工匠。

假如我出生在更富裕的人家，就能仰賴金錢的力量，沉溺於各種玩樂之中，藉此排解對這張醜陋面容的無能為力。又或者，若我擁有與生俱來的藝術天分，或許也能透過美妙的詩歌來忘卻人世的無趣。然而，不幸的我沒能獲得上天任何的垂青，只能當個悲哀的家具工匠之子，繼承家業藉此度日。

我的專長是製作各種款式的椅子。我打造的椅子，無論訂製人多麼挑剔，都肯定會滿意。因此，就連商會也對我另眼相看，總是將上等的椅子交給我製作。若是那種上等貨，客戶對椅背與扶手上的雕刻有許多嚴苛的要求，對於椅墊的軟硬度和各部位的尺寸也有微妙的喜好，對製作者而言，需要下的苦心並非一介外行人所能想像，但花了越多心思，完成時便更有無上的愉悅感。這麼說儘管狂妄，但私以為，這種心情或許堪比藝術家完成偉大作品時的喜悅。

每打造出一張椅子了，我就會率先自己試坐。在這乏味的工匠生活中，唯有這一刻，我才會感受到一種難以言喻的得意。會有多麼高貴或貌美的人士坐上這張椅子呢？既然訂製了這麼高級的椅子，那豪邸中肯定有一間足以和這張椅子匹配的華房吧！牆壁上想必掛著知名畫家的油畫，天花板則懸吊著有如偉大寶石般的燈飾，地上還鋪著昂貴的地毯。這張椅子前方的桌上，大抵有令人眼睛一亮的西洋花草正盛開著，還散發出甜美的芳香。只要我一沉溺在這樣的妄想中，便覺得自己彷彿是那華房的主人，儘管只有短短一瞬間，我仍然嘗到筆墨無法形容的愉悅。

我這虛幻的妄想，繼續無止境地增長。我，又窮、又醜，不過是區區工匠的我，在妄想的世界中成了高尚的貴公子，坐在自己打造的高級座椅上。椅子旁是經常現身於我夢中的美麗情人，露出高雅的微笑，傾聽我說話。不僅如此，在我的妄想中，我還和她手牽著手，低聲對彼此說著甜美的情話。

但是，這飄飄然的美夢，時不時便在轉眼間遭到打斷，例如鄰居太太那嘈雜的說話聲，或是附近病童歇斯底里的號泣。於是，醜惡的現實再度將它那灰色的屍骸暴露在我眼前。回到現實的我，看見自己那與夢中貴公子天差地遠，既悲哀又醜陋的身影，而方才還在對我微笑的美人兒……那些究竟都跑到哪裡去了呢？就連在那附近玩得一身灰的骯髒小保母，也對我這種人不屑一顧。唯有我打造的椅子，像剛才那美夢的遺留物般寂寥地殘存著。然而，那張椅子終究會被送往另一個全然不同且不知何方的世界。

每當我完成一張椅子，難以言喻的空虛感就會襲上心頭。隨著歲月的流逝，那種無法形容的厭惡感，逐漸令我難以承受。

我認真地心想，與其繼續過著這種蛆蟲般的生活，不如去死。我在工作中辛勤地使用鑿子和打釘子時，抑或是正在攪拌刺激性強烈的塗料時，總是執拗地作如是想。但我又思及：「等等，既然連去死的決心都有，或許還有其他方法吧？例如……」於是，我的思緒逐步轉往可怕的方向。

當時，正好有人委託我製作椅子，是我未曾經手的大型皮革扶手椅。同樣在Y市，有一家外國人所經營的飯店。從前雇用我的商會以日本也有手藝不輸舶來品的椅子工匠為由，幾經斡旋才終於取得原本要給國外的訂單，而這張椅子便是要交貨給那家飯店。因此，我廢寢忘食地投入製作，真正是投注靈魂，忘我地打造。

好了，看著完成的椅子，我感受到前所未有的滿足。那完成度之高，就連我自己都看得入神。我一如往常，將四張一組的椅子其一搬到採光好的鋪木地板房間，悠閒地坐上去。那坐起來是多麼舒適啊！椅墊蓬鬆得軟硬適中，刻意不染色並直接綳上的灰色皮革觸感甚好；豐潤的椅背適度傾斜，溫柔地支撐背部；兩側扶手呈現出細緻的曲線並隆起，這一切有種不可思議的協調感，彷彿渾然天成地表現出「安適」兩字。

我深深坐進椅子，用雙手愛撫著渾圓的扶手，陶醉其中。接著，基於習癖，我那漫無邊際的妄想，又帶著五色彩虹般令人目眩神迷的色彩，接二連三地湧上。該說那是幻象嗎？我心中所想的事未免太清晰地浮現眼前，我甚至恐懼得懷疑自己是不是瘋了。

在那過程中，有個好點子倏地浮現在我腦海。所謂惡魔的耳語，八成就是指那種事吧！那件事就像夢一般荒唐無稽，且極其詭異。然而，那詭譎卻有著難以抵擋的魅力，正在慫恿著我。

起初，我只是無法割捨這張自己付出真心真意的美妙椅子。如果可以的話，我想跟隨這張椅子去到天涯海角，就是這麼單純。而這個願望朦朦朧朧地擴張為妄想，不知不覺中連結到某個在我腦海中發酵的駭人念頭。那麼，我究竟有多麼瘋狂呢？我竟想到要實際執行那個怪奇至極的妄想。

我連忙將那四張扶手椅裡最精美的一張大卸八塊並加以改造，以便執行我那奇妙的計畫。

由於那是一張超大型安樂椅，人坐的部分繃緊了皮革，甚至快要碰到地板；再加上，椅背和扶手也做得非常厚實，因此椅子內部有著相互連通的寬敞空洞，即使裡面藏了一個人，從外觀也絕對看不出來。不消說，椅子裡裝設了堅固的木框和許多彈簧，但我適當地予以加工，騰出足夠讓我躲藏其中的空間，大腿伸進人坐的部分，頭部與軀幹鑽進椅背中，剛好坐成椅子的形狀。

這種加工對我而言輕而易舉，做得十分俐落且方便。例如，為了呼吸和聽見外界的聲響，我在皮革的一部分預留了從外觀絲毫看不出的縫隙；我在椅背內側，相當於頭部一旁之處設置小櫃子以便貯藏物品，並且塞入水壺與軍隊用的乾糧。為了某種用途，我還準備了大的橡膠袋子。此外，我還費盡各種心思，做了只要有食物，即使待在椅中兩、三天也絕不會感到不便的準備工作。也就是說，那張椅子成了個人專屬的房間。

我只穿著一件襯衫，打開暗藏在椅子底部的出入口蓋，全身鑽進椅子之中。那感覺實在奇妙，一片漆黑又喘不過氣，有種置身墳墓中的奇異感。仔細一想，這其實與墳墓無異，因為在我鑽進椅內的同時，便像是穿了隱身斗篷，就此消失在人間。

不久，商會差人帶來大型拖拉車，前來取這四張扶手椅。我的學徒（我和他兩個人同住）什麼也不知道，正在接待使者。搬上車時，一名搬運工大罵：「這玩意重得要命！」躲在椅子裡的我不由得心頭一驚，但扶手椅原本就相當笨重，因此並未有人特別起疑。不一會兒，拖拉車喀噠喀噠的震動便傳遍我的身體，形成一種異樣的觸感。

我原先非常擔心，但最終什麼事都沒有發生。當天下午，我躲藏的這張扶手椅便沉甸甸地放置在飯店的一室。後來才知道，那裡不是客房，而是個像交誼廳般的地方，讓人約好見面、讀報或抽菸，有形形色色的人頻繁出入。

您應該已經察覺了吧？我之所以做出這種奇怪的行為，最主要的目的就是趁四下無人時鑽出椅子，在飯店裡四處遊蕩、行竊。有誰會想到椅子裡躲了人這種荒唐事呢？我能像影子般，自由自在地橫行在每個房間。當人們開始騷動時，我只須逃回椅中的隱藏小屋，屏住氣息觀賞那些人愚蠢的搜索過程即可。您應該知道，海岸上的水邊有一種名叫寄居蟹的生物吧！牠狀似大蜘蛛，當四下無人時，就會擺出一副此處是我家的態度囂張地橫行，但只要稍微有人的腳步聲，牠便會以飛快的速度逃回貝殼中，接著將那毛茸茸的噁心前腳稍稍向殼外探，觀察敵人的動靜。我恰好就像這寄居蟹，以椅子代貝殼為家，不在海岸，而是在飯店裡擺出一副此處是我家的態度四處橫行。

我這異想天開的計畫，正因為過於荒誕而出人意表，漂亮地成功了。到了抵達飯店的第三天，我就已經幹了許多偉業。一旦要下手行竊，我既害怕但又享受，成功得手的那種喜悅是多麼難以形容。看著人們在我眼前吵吵鬧鬧地喊「竊賊逃到那裡去了」、「又逃到這裡來了」，此番情景著實滑稽。這究竟具有何種不可思議的魅力，讓我樂在其中呢？

然而，可惜我現在無暇詳述那些，因為我在那裡找到另一種詭譎至極的快感，比起偷竊令我欣喜十倍、二十倍，而坦承這件事，其實就是我寫這封信真正的目的。

話題必須回到先前，我的椅子被放置在飯店交誼廳的時候。

椅子送達後，飯店的經營人紛紛前來巡視椅子是否好坐，但之後便悄然無聲，交誼廳裡大概一個人也沒有吧！但才剛抵達就要走出椅子，對我而言太過害怕而提不起勇氣。有一段非常漫長的時間（或許只是我的錯覺），我都將全副精神集中在聽覺上，不敢漏聽半點聲音，一動也不動地窺伺周遭的情況。

過了一會兒，我聽見一道約莫從走廊傳來的沉穩腳步聲，但由於屋內鋪著地毯，當那道腳步聲從四、五公尺[01]遠處走近過來時便低沉到幾乎聽不見，但我隨即就聽到男人粗聲粗氣的呼吸聲。說時遲那時快，像是西洋人的高大軀體重重落在我的大腿上，還彈跳了兩、三下。我的大腿和那男人堅實且碩大的臀部只隔著一層薄皮革，緊貼到令我感覺暖熱。他那寬闊的肩膀正好倚在我的胸前，有重量的雙手隔著皮革，與我的手重疊。此外，男人大概還點著雪茄，有一道雄性的濃烈香味，穿過皮革的縫隙飄進來。

夫人，請您試著想像自己身處我的位置，在腦中描繪當時的場景。那是多麼詭異萬千的情景啊！我當時早已嚇得在椅子的黑暗中用力縮起身體，腋下淌著冷汗，失去所有思考能力，只能原地茫然。

從這個男人開始，那一整天有形形色色的人輪流坐在我的腿上，而且沒有任何人發現我在那裡——他們渾然不知，自己深信是軟墊的東西，其實是我這個人有血有肉的大腿。

這片皮革中的天地一片漆黑，而且動彈不得。那是多麼怪異但又充滿魅力的世界啊！我感覺，從椅中窺見的人，和平時映入眼簾的人類是截然不同的神奇生物。他們只不過是說話聲、呼吸聲、腳步聲、衣物摩擦聲，以及數個富有彈力的渾圓肉塊。我能透過每個人的肌膚觸感來識別他們，而不是認容貌。有些人身材肥滿，觸感有如腐敗的下酒菜；相反地，有些人則是枯瘦得宛如一副骸骨。除此之外，若綜觀每個人的脊椎彎曲程度、肩胛骨開合的幅度、手臂長短、大腿粗細與尾椎骨的長短，無論背影多麼相像，仍然有相異之處。人類這種生物，除了靠容貌和指紋之外，肯定也能從上述這些肉體的觸感來清楚分辨。

異性也是同樣的道理。一般人主要是根據容貌美醜來品評異性，但在這椅中世界，容貌絲毫不值一提。在那裡，只有毫無掩飾的肉體、說話聲及氣味。

夫人，請您千萬不要對我這過於露骨的記述感到不適。在那裡，我對某位女性的肉體（那是第一位坐在我椅子上的女性），產生了強烈的熱愛。

從說話聲聽起來，那是一名正值青春年華的異國少女。當時，廳裡恰好一個人也沒有，但她似乎遇到什麼開心事，輕聲唱著不可思議的歌曲，踩著雀躍的步伐走進來。少女一來到我躲藏的扶手椅前，便冷不防將那豐滿但又極為纖彈的肉體撲到我身上。不僅如此，不知為何，她突然哈哈大笑起來，還揮舞手腳，有如網中的魚兒般躍動著。

之後，大約有半小時之久，少女時而在我腿上唱著歌，時而配合歌曲的曲調扭動頗有分量的身軀。

這對我而言，簡直是作夢也沒料到的驚天動地大事件。女性是神聖的，不，應該說是令我懼怕的，甚至連看她們的臉一眼都不敢。這樣的我，不但正與素昧平生的異國少女共處同室和同張椅子，還只隔著一層薄皮革親密接觸，甚至能感受到她的體溫。儘管如此，她卻沒有絲毫不安，將全身重量交付給我，享受著四下無人看見的輕鬆，擺出自在的姿勢。我在椅中甚至能擁她入懷，從皮革後方親吻她那豐盈的脖子。不僅如此，我還能自由自在地做任何事。

有了這次驚人的發現之後，最初的竊盜目的已是其次，我早已沉溺在那不可思議的觸感世界。我心想，這張椅子中的世界，就是上天賜給我的真正棲身之地。像我這般醜陋又懦弱的男人，在光明世界中只能過著自卑、羞恥又悲慘的生活，且是無能之軀。在光明的世界裡，別說交談了，我甚至無法走近異性身邊。然而，一旦換了居住的世界，只要能如此在椅子中忍耐著狹窄，我便能接近美人兒，傾聽其話聲，觸碰其肌膚。

椅中之戀（！）那具有多麼令人陶醉的神奇魅力，未曾實際進入椅中的人是不會懂的。那是僅有觸覺、聽覺與些微嗅覺的戀情，是暗黑世界中的戀情，絕不屬於外在世界。這不就是惡魔國度的愛欲嗎？細想起來，在這世上那些眾人目光未及的角落，確實想像不到有著何種異樣且可怕的事情正在發生。

我起初的預定計畫，當然是打算達成偷竊目的後便立刻逃出飯店，但我早已迷上那種詭譎至極的喜悅，別說逃走了，我反而將椅中世界當作永久的棲身之地，繼續過著那種生活。

每天晚上，我外出時總是多加注意，盡量不發出半點聲響並避人耳目，所以並未遇到危險，但在椅中世界生活長達好幾個月卻絲毫沒有敗露，實在是連我自己都驚訝的事。

由於我幾乎二十四小時待在狹小的椅子中，彎著手臂和雙腿導致全身麻痺，無法完全直立，最後我甚至只能匍匐來往廚房和化妝室。我這個男人到底有多瘋狂？即使要忍受這麼大的痛苦，也不願捨棄這個神奇的觸感世界。

在房客當中，也有人持續投宿一、兩個月，以此地為家，但既然是飯店，本來就有許多賓客絡繹不絕地出入。因此，我這畸形的戀情也會隨時間改變對象，而我對此束手無策。眾多戀愛對象所留下的奇特記憶深深刻在我心上，但主要是透過身形，而不是透過一般情況下所看見的容貌。

有些人宛如精悍的幼馬，擁有緊緻的肉體；有些人擁有像蛇一樣妖豔，能自在扭動的肉體；有些人有如橡膠球般肥滿，肉體富含脂肪與彈力；有些人擁有十分發達且強而有力的肉體，宛若希臘雕像。除此之外，每個女人的肉體都各有各的特色與魅力。

坐在我身上的女人換了又換，但在那段期間內，我又品嘗到有別於此的奇異體驗。

其中一次經驗是，歐洲某強國的大使（我聽日本人門僮四處謠傳才知道）將他那龐大的身軀坐在我腿上。比起政治家，他世界級詩人的身分更廣為人知，正因如此，能親炙那位偉人的肌膚讓我引以為傲，甚至感到亢奮。他在我身上和兩、三位同胞談了約十分鐘便就此離去，而我當然完全聽不懂他們說了些什麼，但每當他運用肢體語言，他那比常人更溫暖的肉體便會蠕動，那搔癢般的觸感為我帶來一種無可名狀的刺激。

那時，我腦海中突然浮現一種想像。假如我手持利刃，從皮革後方瞄準他的心臟，狠狠刺下一刀，會引發什麼結果呢？不消說，那肯定會是讓他無法再站起的致命傷。別說他的母國，就連日本政治界都會因此掀起多大的波濤啊！報紙會刊登多麼激烈的新聞呢？這將會大大影響日本與他母國的外交關係。此外，若從藝術的角度來看，他的死絕對是世界的一大損失。而這種重大事件，只憑我的一個舉動就能輕易成真。想到這裡，我不由得感到莫名的得意。

另一次經驗是，某國的知名女舞者訪日，偶然投宿在那家飯店，雖然只有一次，但她曾坐在我的椅子上。當時，我也受到類似大使那次的感動，但她那理想的肉體美帶給我前所未有的感受。那極致之美令我無暇產生下流的念頭，只想像對藝術品般，抱著虔敬的態度予以讚賞。

除此之外，我還經歷過眾多世上少見、不可思議或令人作噁的體驗，但在此一一詳述並非這封信件的目的，況且此信篇幅也已不短，就讓我立刻進入正題吧。

待在飯店幾個月後，一個變化降臨在我身上，起因是飯店的經營人因故歸國，並將飯店連同所附家具讓渡給某家日本人的公司。那家公司一改歷來奢華的營業方針，計畫走平價旅館路線以獲得利潤，便委託某大型家具商將不要的家具等物品予以拍賣，而我的椅子也列在拍賣清單中。

我得知此事後一度感到失望，甚至考慮是否藉此機會回到塵世，開啟新生活。到了這時，我已竊得相當大的金額，即使回歸社會，也不會再過著從前那般悲慘的生活。然而我轉念一想，離開外國人的飯店一方面令我大為失望，但另一方面也代表一個新希望。因為，儘管我在這幾個月內愛過那麼多異性，但對象清一色是異國人士，無論她們擁有多麼優異又姣好的肉體，我仍然感覺到精神上有種莫名的不足。看來，日本人果然要面對日本人，才能體驗到真正的戀愛——我逐漸有了這樣的想法。就在這時，我的椅子正好送去拍賣，這次的買主說不定是日本人，也或許會放置在日本人的家裡，這就是我的新希望。總之，我還想再過著椅中生活一些時日。

在古物店裡的那兩、三天，我飽嘗了極大的痛苦，但幸運的是，當競標一開始，我的椅子立刻就有了買主。興許是因為，這張椅子雖然是二手貨，但仍然華美得十分引人注目吧。

買主是某位官員，就住在離Y市不遠的大城市。從古物店到買主的宅邸有好幾里路程，搭上劇烈震動的卡車時，我在椅中嘗到如死亡般的痛苦。但買主如我所願是日本人，這痛苦之於我的喜悅根本算不上什麼。

買主不僅是位官員，還擁有美侖美奐的宅邸，我的椅子便放置在宅邸洋館中的大書齋。令我心滿意足的是，這間書齋的使用者並非丈夫，正確來說是那個家年輕貌美的夫人。在那之後，大約一個月的時間，我都常伴著那位夫人。除了用餐和就寢的時間之外，夫人那纖柔的軀體總是在我身上，因為她那段時間都待在書齋裡，埋頭撰寫某部著作。

我有多麼深愛她，自然不必在此冗長地述說。她是第一位和我接觸的日本人，而且還擁有十分優美的肉體。這時，我才體會到真正的戀愛。與此相較，飯店的眾多體驗絕不該冠上戀愛兩字。證據就是，我過去從未興起這樣的念頭，但唯有對這位夫人，光是暗中愛撫取樂還難以滿足，我顯然還下了許多心思，無論如何都要讓她知道我的存在。

如果可以，我希望至少讓那位夫人注意到椅中的我。儘管自私自利，但我希望她愛我。但是，我該如何傳達呢？倘若露骨地讓夫人知道椅子裡躲了人，她肯定會嚇得告訴丈夫和傭人。如此一來，不僅一切將化為泡影，我還會被冠上嚴重的罪名，必須接受法律刑罰。

因此，我至少要讓那位夫人覺得我的椅子比以往更舒適，努力激起她對椅子的愛惜。身為藝術家的她，一定具備超乎常人的纖細感性。若她能在我的椅子上感受到生命，不將它視為物品，而是當作生物來愛惜，光是如此我便十分滿足。

當那位夫人將身體交付給我時，我總會記得盡量溫柔地接住她；當她坐累了，我會不動聲色地移動大腿，改變她身體的位置；當她開始打起瞌睡，我會極輕極輕地晃動大腿，發揮搖籃的功能。

不知是否這種體貼有了回報，抑或只是我的錯覺，到了最近，我感覺那位夫人似乎愛上了我的椅子。她有如嬰兒被母親抱在懷中，又像少女回應情人的擁抱般，帶著甜美的溫柔坐進我的椅子。就連她在我腿上移動身體的模樣，在我眼中都顯得懷念。

如上所述，我的熱情燃燒得一天比一天熾烈。於是我終於……啊啊，夫人！於是，我終於產生了大到不自量力的願望。我甚至想到，假使能見我的情人一眼，和她交談，那麼我就算死也甘願。

夫人，您當然已經察覺了吧！稱她是我的情人未免太失禮，還請您原諒。其實，那位夫人就是您。就是您的丈夫，在Y市那間古物店買下我的椅子，而我就是那個從此以來，為您獻上高攀之戀的悲哀男子。

夫人，這是我一生的請求。一次也好，能否請您見我一面呢？即使一句也好，能否對我這個醜陋的悲哀男子說句安慰的話呢？除此之外，我絕對別無所求。我太過醜陋又骯髒透頂，沒資格那樣奢望。懇請您，懇請您傾聽我這薄命男的誠摯請求。

為了寫這封信，我昨夜逃出了宅邸。當面向夫人您提出請求太過冒險，況且我無論如何也辦不到。

當您閱讀這封信時，我正擔心得鐵青著臉，在宅邸周圍徘徊。

倘若您願意接受這極其無禮的請求，請將手帕掛在書齋窗邊的山瞿麥盆栽上打暗號，我便會裝作一名若無其事的訪客，前往宅邸門口。

接著，這封詭異的信以一段熱切的祈禱詞句作結。

佳子將信讀到一半便已有了可怕的預感，刷白著臉。

她下意識站起，逃出放有噁心扶手椅的書齋，來到日式房屋的起居室。她想過乾脆不再閱讀信的後半部並將之撕毀、丟棄，但她似乎還是放心不下，姑且坐在起居室的小桌上，繼續往下讀。

她的預感果然無誤。

這是多麼駭人的事實啊！她每天都會坐的那張扶手椅，裡面居然躲著一個陌生男子嗎？

「嗚，真令人作嘔！」

她感受到一陣有如背部淋上冰水的惡寒，久久無法停止莫名的顫抖。

她震驚得失了魂，完全不曉得該如何是好。查看椅子這種噁心的事，哪能辦得到？即便椅子裡已經沒人，但肯定還留有食物或其他曾附屬於他的汙物。

「夫人，有您的信件。」

佳子驚訝地轉頭，一名女侍遞來了封緘的信件，似乎是剛剛才收到的。

她下意識接過信，想要拆封，但才一瞥見信封上的字，便驚嚇到不小心弄掉了信，因為信封上的筆跡和方才那封詭異的信毫無二致，收件人寫著她的名字。

她猶豫良久，不知道該不該拆開，但最終還是膽顫心驚地拆來閱讀。這封信很短，但信上記載著讓她再次大為驚奇的古怪文句。

突然失禮地寫信給您，還望您多多包涵。我平日喜愛閱讀您的作品，先前送上的另一封信是我的拙作。若能蒙您一讀並給予指教，是我莫大的榮幸。基於某種原因，文稿在我撰寫此信之前先行投遞，我猜您應該已經讀畢，不知您覺得如何？若拙作能多少打動您，將是我最開心的事。

文稿刻意省略了標題，但我想將之取名為〈人間椅子〉。恕我冒昧，請多指教。

【註解】

01 此處原文「二三間」，一間約為一點八二公尺，故二三間約為三點六四至五點四六公尺。

跟隨作家李欣倫的思索脈絡，挖掘故事裡細膩的感官隱喻！

1 在小說中佳子一共收到幾封信？她看完信的反應如何？

2 為什麼小說的主角要躲入椅子中？

→小說主角當初只想藉由這個舉動，方便行竊，但後來卻發現，在現實生活中不會有女性願意親近醜陋的他，但躲入椅子卻讓他只隔著一層薄皮革，就得以親密接觸女性，讓他不可自拔。江戶川亂步也藉此細緻描寫視覺之外的各種感官細節，示範了文學敘事如何深度描寫感知的功力。

3 小說中關於觸覺的描述有哪些？給你何種感受？

4 小說家的結尾，給你有什麼感覺？請試想，小說家為何這麼寫？

STORY 02

芋蟲

時子離開主屋，在微暗天色下穿過已荒廢且雜草叢生的寬闊庭院，走向他們夫妻倆居住的別館，心裡回想起主屋房東，亦即後備少將至今依然經常對自己說的那番千篇一律的誇獎，就像她最討厭的烤茄子般沒有嚼勁，讓她有種十分異樣的感受。

「須永中尉（可笑的是，後備少將至今仍以昔日的威武頭銜稱呼那個分不出是不是人類的殘兵廢將）的忠烈，毋寧說是我國陸軍的驕傲，這是家喻戶曉的事。而妳也是個貞女，澈底捨棄私欲，悉心照護他三年，絲毫不見不悅。若要說這是妻子該做的事倒也沒錯，但實在不簡單。這令我佩服得五體投地，是這個時代的美談。然而未來還很長，還請妳繼續照顧他。」

每次見面，鷲尾老少將總會一味讚賞須永廢中尉——那個他從前的部下，如今則是借住在他家的廢人——彷彿不這樣說就不滿意。時子聽見這番讚賞就有如吃到前述的烤茄子，因此她盡量避著不與屋主老少將見面。此外，也因為她無法鎮日面對一個不會說話的殘疾人，所以只要得知老少將不在家，時子便頻繁去找夫人與大小姐談天。

起初，時子犧牲奉獻的精神與世間罕見的貞節當然配得上這樣的稱讚，而那些話語還帶來難以言喻的驕傲感，撩撥著她的心，但到了最近，她已經無法像從前那般坦然接受讚賞，甚至應該說感到害怕。她每次聽到那些話便大打寒顫，彷彿有人正面指著自己，譴責：「妳表面上有著貞節的美名，卻在背地裡犯下驚世的罪惡！」

時子仔細一想，才察覺就連她自己都沒料到人的心態會有如此巨大的轉變。她原本不諳世事又內向，如同文字所述是個貞潔的妻子，但如今無論外在如何，她的內在已經被令人毛骨悚然的情欲之鬼寄宿，使她澈底變了個人。她可憐的殘廢（甚至悽慘到以殘廢兩字尚不足以形容）丈夫從前是個保家衛國的忠勇人物，而她彷彿將他視為自家飼養的野獸，抑或是單純用來滿足她欲望的道具。

這淫猥的鬼究竟從何而來？那黃色的肉塊，豈會有著不可思議的魅力？（實際上，她的丈夫須永中尉就只是個黃色肉塊，像個畸形的陀螺，只會激起她的性欲。）又或者，是充滿她那三十歲肉體但本質不明的力量使然？答案或許兩者皆是吧！

每當鷲尾老人對時子說了什麼，她總是不由得對自己近期變得油膩的肉體，以及別人八成也聞得到的體臭感到相當不安。

「我為什麼胖得這麼不像話呢？」

她如此說，臉色異常難看，但老少將卻仍然一邊說著上述評語，一邊有些疑惑地盯著她那肥胖的身材，或許這便是時子避著老少將的主因。

由於這裡是窮鄉僻壤，因此主屋和別館之間相隔半丁[01]之遠，中間是連小徑都沒有的草原，要嘛有錦蛇發出沙沙聲爬出，要嘛腳步一個沒走好，便險些掉進雜草覆蓋的古井口。空曠的房屋四周環繞著徒具形式且高度不均的圍籬，圍籬外頭是接連不斷的水田與旱田，而他們夫妻倆居住的雙層別館，便背對著遠方八幡神社的森林，黑漆漆地寂然矗立著。

星星三三兩兩在夜空中閃耀光芒，屋裡想必已經伸手不見五指了吧！由於丈夫無力點燈，因此只要她沒有點燈，那肉塊便會在黑暗中倚著和室椅，或是從椅上滑落，躺在榻榻米上眨著眼睛。但若心中浮現憐憫的念頭，忌諱、悲慘和難過的情緒便夾雜著幾分肉欲襲來，使她的背脊為之一涼。

她走近別館，二樓的紙窗彷彿象徵著什麼，看起來像是張著漆黑大口，傳出一道敲擊榻榻米的低沉咚咚聲。她一想到「他又來了」便感到可憐，甚至眼頭一熱。她那行動不便的丈夫正仰躺著，用頭部敲擊榻榻米取代正常人以拍手叫人的動作，性急地呼叫他唯一的伴侶時子。

「我回來了，你肚子餓了吧？」

時子明知丈夫聽不見，卻仍按照慣例如此喊道，連忙衝進廚房，不一會兒又上了樓梯。

二樓只有一個六張榻榻米大的房間，附有徒具形式的壁龕，角落放置了燈台和火柴。

時子用母親對嬰兒說話的語氣，不斷說著：「你等很久了吧？真是對不起！來了，來了！別那麼急，房間裡這麼暗，什麼都不能做，要先點燈才行呀！再等一下，再一下下！」她一邊如此自言自語（畢竟她的丈夫完全失去了聽力），一邊點亮油燈，再將它拿到房間一頭的書桌旁。

書桌前放著一張綁著美麗諾友禪座墊的新專利和室椅，椅上空空如也，某個異樣物體躺在相隔遙遠的榻榻米上。那確實穿著老舊的大島銘仙和服，但給人的感覺極其怪異，與其用「穿著」形容，不如說「包著」，或說「有個大島銘仙的包袱棄置在那裡」比較貼切。有顆人頭從包袱的邊角突出來，像點頭如搗蒜或奇妙的自動機械般不斷敲擊榻榻米。隨著那敲擊，大件包袱便基於反作用力一點一點位移。

「別那麼暴躁嘛！什麼事？你說這個嗎？」

時子問，用手做出吃飯的動作。

「不是啊？那麼，是這個嗎？」

她又做出另一個動作，但無法言語的丈夫只是一味搖頭，接著又不停用頭去敲榻榻米。他整張臉被砲彈的碎片損傷得不忍卒睹，左耳幾乎整個脫落，只剩一個黑色小洞，左側嘴邊有條巨大的縫合疤痕斜斜橫過臉頰，延伸到眼睛下方，還有醜陋的傷痕從右邊太陽穴處爬上頭部。喉嚨表面彷彿用力挖洞般凹陷，口鼻也都失去原狀。在這張有如鬼怪的臉上，僅有雙眼和醜陋的四周相反，如同天真無邪的孩童般清澈而渾圓，但如今只是不耐煩地眨個不停。

「你有話要說對吧？等我一下。」

時子從書桌抽屜裡取出筆記本與鉛筆，讓殘廢用歪曲的嘴咬住鉛筆，再將翻開的筆記本擺在他跟前，因為她的丈夫不僅無法說話，也沒有手腳能握筆。

「妳厭倦我了？」

廢人宛如受到因果報應而淪落路邊的不幸者，用嘴在妻子拿出的筆記本上寫字，花了很多時間才寫下非常難以判讀的文字。

「呵呵呵呵，你又吃醋了？你誤會了，你誤會了。」

時子笑著，用力搖搖頭。

然而，廢人又開始性急地撞頭。時子意會到他的意思，再次將筆記本拿到他嘴邊，鉛筆拙劣地動起來，寫下文字。

「去哪？」

一看到那行字，時子便惡狠狠地將鉛筆從他口中奪下，在簿子空白處寫下「鷲尾家」，再推到對方眼前。

「你怎會不知道？我還有其他地方可以去嗎？」

廢人又討著要簿子。

「三小時！」

「你說我讓你一個人等了三個小時？對不起！」她擺出抱歉的表情，鞠了個躬，一邊揮手，一邊說：「我以後不去了！再也不去了！」

有如包袱的須永廢中尉當然還有話想說，但似乎懶得再玩用嘴寫字的把戲，頭部筋疲力盡得動也不動，但大大的雙眼帶著眾多意涵注視著時子。

時子熟知在這種情況下唯一能安撫丈夫心情的方法。既然語言不通，便無法詳細解釋，而理應比言語更能傳達心思的眼色，對頭腦遲鈍的丈夫也不太管用。因此，這種奇妙的夫妻吵架，其結果便是雙方都用盡耐性，總會採取更快速簡便的方式和解。

時子冷不防蹲坐在丈夫身上，如大雨傾注般親吻他那歪嘴和發出光澤的巨大疤痕。廢人這才終於現出放心的眼神，扭曲的嘴邊浮現像在哭泣的醜陋笑容。時子即使看見這笑容，仍舊出於習癖，繼續瘋狂地親吻而不停下。其中一個原因是為了將對方醜陋的長相拋諸腦後，硬是誘使自己進入甜美的亢奮之中，另一個原因則是她想要恣意妄為地欺凌這個完全失去起居自由的悲哀殘廢，這種不可思議的心態也推波助瀾。

然而，對方驚呆於她這過分的好意，身體因無法呼吸而痛苦掙扎，醜陋的臉龐莫名扭曲，表露出苦悶。看到這一幕，時子感覺到自己心中有種情感一如往常地湧現。

她像發狂般強迫廢人，將大島銘仙的包袱巾撕扯開來，於是實體不明的肉塊便從中滾出。

若說到須永廢中尉是如何以這副模樣保住一命，當時他的實例震撼醫學界，報紙大肆報導這前所未有的奇人異事，而他的身體則是損傷得既悽慘又詭異，甚至無法再傷得更重，變得像個截斷手腳的人偶。他的四肢幾乎連根切斷，只剩下隆起的肉塊留下痕跡，而那有如鬼怪、只剩軀幹的身體，包括臉部在內，全身都散布著大大小小的無數傷痕。

儘管實在悽慘，但他的身體即使成了這副模樣依然神奇地攝取到充足營養，雖然殘廢卻保有健康（鷲尾老少將將此歸功於時子親力親為的照護，不忘在前述提到的誇讚中提及此事）。或許是因為沒有其他樂趣，他食欲旺盛，散發光澤的腹部膨脹到快要撐破，在僅剩的軀幹中特別醒目。

那簡直像隻巨大的黃色毛蟲，抑或是時子經常在心中形容的、奇怪至極的畸形人肉陀螺。那手腳的殘餘部位形成四個肉塊（其尖端的表皮像個手提袋，從四面八方收束並擠出深深的皺紋，中央只剩詭異的小小凹洞），而那肉塊的突起有時會如同毛蟲的腳般異常地顫動。它以臀部為中心，用頭和肩膀的力量，就像真的陀螺般，在榻榻米上不停打轉。

現在，被時子脫個精光的廢人並未特別抵抗，反而像是期待著什麼似的抬眼看向時子，因為時子正蹲坐在他的頭上，像盯上獵物的野獸般將眼睛瞇得特別細，細緻光滑的雙下巴也變得略為堅硬。

時子意會到殘疾人那眼神的意思。遇到現在這樣的情境，只要她再進一步，那眼神中的暗影便會消失，但每當她在殘廢身旁做針線活，他便無所事事地呆望著某個空間，眼神更添深沉，表現出某種苦悶。

失去所有五感，僅剩視覺和觸覺的他天生是個不愛閱讀的莽夫，自從腦部受到衝擊變得遲鈍以來又更與文字無緣，如今和動物一樣，唯有物質欲望得以慰勞他。然而，即使過著有如暗黑地獄的泥沼生活，他在仍是常人時被灌輸的軍隊式倫理觀念依舊會瞬間掠過他遲鈍的大腦。肯定是那觀念與他身為殘廢而更加敏感的色欲在他心中搏鬥，才會讓他的眼神閃現不可思議的苦悶暗影——時子是如此解釋的。

時子並不那麼討厭見到無力者眼中浮現的不安與苦悶，她雖然相當愛哭，但奇怪的是也愛欺凌弱者。再者，這可憐殘廢的苦悶，甚至形成一種令她毫不厭倦的刺激。現在，她同樣不但不安慰對方的心靈，反而還全身趴在他身上，想要挑起殘廢異常敏感的情欲。

時子做了意義不明的惡夢，被自己的叫聲驚醒，在滿身大汗中醒來。

枕邊油燈的燈罩裡積了奇形怪狀的油煙，撚細的燈芯發出唧唧聲。在房裡，天花板和牆壁都呈現一片朦朧的橘色，睡在一旁的丈夫臉上疤痕反射著油燈的光，同樣散發出橘色光澤。他沒可能聽見她剛才的叫聲，但雙眼圓睜地仰望天花板。時子望向枕邊的時鐘，時間剛過半夜一點。

時子一醒來便覺得身上有種不適感，這或許就是令她做惡夢的原因，但她有些睡迷糊了，只是察覺有些不對勁，尚未清晰感受到那種不適。然而，卻有另一件事，亦即方才那淫樂的異樣光景，如同幻影似的忽然浮現在眼前。像陀螺般打轉的活肉塊，與三十歲女子肥胖油膩的醜陋軀體，有如地獄圖般交纏在一起，那是多麼令人厭惡又醜陋啊！然而，那厭惡感和醜陋卻如同麻藥，比任何對象都更能激起她的情欲，麻痺她的神經。她活了三十年，這半輩子從來意想不到那具有如此的力量。

「啊——啊——！」

時子雙手緊抱胸口，發出分不清是詠嘆或呻吟的聲音，望著丈夫那宛如損壞人偶般的睡相。

這時，她才終於領悟到自己醒來後為何感到不快。即便覺得比平時早，但她還是鑽出被窩，走下樓梯。

她回到被窩，瞥向丈夫的臉，他仍舊專注仰望著天花板，看也不看自己一眼。

「你又在想事情啊？」

一個除了雙眼之外，就沒有任何器官能表達意志的人，在這種三更半夜裡盯著某處看，那模樣讓她冷不防感到詭異。即使她認為丈夫的頭腦已經變得遲鈍，但在如此重度的殘廢者腦海中，說不定存在著與她們截然不同的另一個世界。她一想到他現在或許正徜徉在那另一個世界，便覺得毛骨悚然。

她很清醒，難以入睡，感覺腦海中的燈芯正發出燃燒聲，火焰在席捲著。隨後，各種妄想接二連三地浮現又消失，其中還摻雜三年前那件讓她生活發生巨變的事。

收到丈夫負傷，即將被運送回國的消息時，她第一個念頭是慶幸他並未戰死。當時她和丈夫同袍的妻子還有來往，對方甚至羨慕地說：「妳很幸福。」不久，報紙大肆報導丈夫彪炳的戰功，她在此時得知丈夫的傷勢相當嚴重，但當然並未料想會到這種程度。

時子大概一輩子都忘不了去陸軍醫院見到丈夫時的情

景。丈夫的臉嚴重受損，從純白的被單中露出來，目光茫然看著她。醫師的解釋中混雜了難懂的術語，告訴她：「妳丈夫因傷失聰，發聲功能也出現異常的障礙，甚至無法說話。」光是這時，她便已哭紅了雙眼，時不時吸著鼻子，完全不知道之後還有多麼可怕的事實等著自己。

連嚴肅的醫師都露出同情的表情，說「妳看了也請別太吃驚」，輕輕掀開純白被單給她看。病床上躺著一副被繃帶團團包紮的軀幹，該有手腳的地方空無一物，宛如惡夢中的怪物般詭異，也像無生命的石膏半身雕像。

幸福
榮譽
大奇蹟

她感到一陣頭暈目眩，不由得蹲在床腳邊。

她打從心底感到悲傷，被醫師和護士帶到另個房間後，才完全不顧他人目光放聲大哭，好一段時間都趴伏在骯髒的桌上哭泣。

「這簡直是奇蹟！失去四肢的傷者不只須永中尉一個人，但只有他得以倖存，真的是奇蹟！這全都要歸功於軍醫和北村博士驚人的醫術，無論哪個國家的陸軍醫院，都不會出現這種特例！」

醫師在伏案哭泣的時子耳邊如此安慰道，「奇蹟」這個讓人不知該開心還是該難過的詞彙，反覆出現了好幾次。

新聞除了針對須永魔鬼中尉的顯赫功績大書特書之外，當然也報導了這件在外科醫學上堪稱奇蹟的事實。

半年的時間如做夢般飛逝，在上官與丈夫的同僚陪同下，活屍般的須永被運送回家。幾乎在此同時，他被授予五等金鳶勳章，作為失去四肢的補償。當時子哭著照顧這殘廢時，全國上下都熱鬧無比地慶祝他凱旋歸來。「榮譽」一詞就像大雨，從親朋好友和當地鄰居口中往她傾注而來。

沒過多久，夫妻倆光靠僅有的年金便難以維生，於是接受戰地上級長官鷲尾少將的好意，無償借住在他宅邸的別館。隱居在鄉下雖然也有影響，但從這時起，她與丈夫的生活霎時變得空虛。歡慶凱旋的熱情冷卻，社會上漸趨平靜。再也沒有人像從前那般前來探望這對夫妻，隨著時間過去，戰勝的興奮恢復冷靜，人們對戰爭功臣的感謝之情也隨之退去，再也沒人提起須永中尉的名字。

丈夫的親戚不知是害怕殘廢人士，抑或是不願提供物質援助，幾乎無人前來拜訪。連她那邊的親戚也一樣，不僅雙親早已不在人世，就連哥哥和妹妹全是無情之人。悲哀的殘廢與他的貞潔妻子彷彿與世隔絕，在鄉下的獨棟房子裡孤單地過活。對兩人而言，這房子二樓的六張榻榻米大房間就是唯一的世界，而且其中一人又聾又啞，猶如全然無法自由活動的土偶。

廢人有如另個世界的人類突然被丟進人間似的，對完全不同的生活型態感到吃驚，在恢復健康後，仍舊有好一段時日只是茫然且動也不動地仰躺著，不分晝夜都在打瞌睡。

時子想到讓廢人用嘴咬鉛筆寫字來對話時，他最先寫下的字詞是「報紙」和「勛章」，「報紙」是指在戰爭落幕時以大篇幅報導他武勇事蹟的剪報，而「勛章」當然是先前提到的金鵄勛章。當廢人恢復意識時，鷲尾少將率先將這兩樣物品拿到他眼前，因此他記得很清楚。

廢人每次都寫相同字詞討要這兩樣物品，當時子將它們拿到他面前，他便持續看著它們良久。當他反覆閱讀報導內容時，時子忍耐著雙手發麻，抱著愚蠢的心情看著丈夫心滿意足的眼神。

她開始對「榮譽」感到不屑，儘管晚了許久，但廢人似乎也厭膩了「榮譽」，不再像以前那樣討要那兩樣東西，唯一剩下的是殘疾導致的強烈病態肉欲。他像個處於恢復期的腸胃病患般貪婪地索求食物，並且無時無刻都想要她的肉體。若時子不應允，他便像個巨大人肉陀螺，在榻榻米上瘋狂打滾。

時子起初莫名感到恐懼和抗拒，但隨著日子過去，連她也澈底變成肉欲的餓鬼。一對男女窩在野外的獨棟房屋裡，對未來失去所有希望，對愚笨的兩人而言，那就是他們生活的一切，宛如在動物園籠子裡度過一生的兩隻野獸。

因此，時子開始將丈夫視為一個能夠恣意玩弄的大型玩具，也是理所當然的事。原本就比常人強健的她如今已被殘疾人厚顏無恥的行為影響，澈底變得欲求不滿，甚至讓殘疾人感到苦惱，這也是很自然的事。

她經常懷疑自己是不是瘋了。一想到如此令人畏忌的欲望潛藏在內心某處，她便震驚到全身不住顫抖。

無法言語、聽不見自己說話，甚至無法自由行動。一個如此奇妙又悲哀的道具，卻非木製或土製，而是擁有喜怒哀樂的生物，這一點形成了無限的魅力。再加上，面對她的需索無度，那對唯一能表達情緒的渾圓雙眼有時悲傷，有時則是憤怒地抗拒，然而儘管他再怎麼悲傷，除了流淚之外便束手無策，儘管憤怒，也缺乏能威嚇她的腕力。於是，他終究抵擋不住她那壓倒性的誘惑，連他也陷入異常且病態的興奮。對她來說，違逆對方的意志，折磨這個完全無力的生物，甚至已經成了無上的愉悅。

時子閉著眼，這三年來的激情場面，在她眼皮裡斷斷續續、接二連三反覆浮現又消逝。那些記憶依然非常鮮明，每當她的身體出現異狀，它們必定會像電影般，在她眼皮內側出現又消失。當這種現象發生，她的獸性將會更加猛烈，更進一步折磨那可憐的殘疾人。儘管她意識到了，但只要她還擁有個人意志，便拿自己體內湧現的凶暴力量無可奈何。

一回神，房內彷彿和她那幻象一樣，包覆在霧靄中似的暗了下來。在幻象外層還有另一個幻象，她感覺外層的幻象現在正要消失，這讓神經高亢的她開始恐懼並心跳加速，但仔細一想，這並沒有什麼。她鑽出被窩，撚熄枕邊的油燈芯。剛才變細的燈芯已經燒盡，點亮的火光正要熄滅。

房內突然亮了起來，儘管同樣呈現朦朧的橘色，卻有些奇怪。時子像突然想到似的，仰賴那光線窺看丈夫的睡臉。他的姿勢依然紋風不動，緊盯著天花板的同一處。

「你究竟要思考到什麼時候？」

她感到有些詭異，但看到丈夫明明是個不忍卒睹的殘廢，卻自顧自地耽溺於思考中，便覺得極度憎惡。於是，前述的殘虐性，再次像搔癢般從她心底湧現。

她冷不防撲到丈夫的棉被上，突然開始劇烈搖晃他的雙肩。

由於太過突然，廢人嚇得身軀猛然一震，接著用強烈斥責的眼神瞪著她。

「你生氣了？那是什麼眼神？」

時子如此大罵，同時引誘丈夫。她刻意不看對方的眼睛，索求以往的淫樂。

「生什麼氣？你可是我的玩物！」

然而，儘管她用盡所有手段，廢人這次仍然不像過去那樣主動妥協。他先前望著天花板時或許就是在思考這件事，又或許只是對妻子自私自利的舉止感到不悅，他雙眼瞪大，像要刺穿時子般看著她。

「你那是什麼眼神？」

她大叫著，雙手抵住對方的雙眼，像瘋子似的不斷大喊「什麼眼神」。病態的興奮奪走了她的感覺，使她幾乎沒有察覺雙手手指用了多大的力氣。

當她如夢醒般回過神來時，廢人已在她身下瘋狂扭動，儘管只有軀幹，但他以異常強大的力量死命扭動著，連她那沉重的身體都被彈飛出去。不知為何，鮮紅的血液從廢人的雙眼噴出，有著疤痕的臉宛如汆燙過的章魚般漲紅。

噗滋

這時，時子才意識到一切。自己殘忍地戳傷了丈夫僅有的，和外界溝通的靈魂之窗。

但是，她無法斷言這完全是無心之過。她很明白，自己覺得丈夫那對會說話的眼睛，是個讓他們無法徹底成為野獸的龐大阻礙，她不僅憎恨他眼中那經常浮現的正義觀，更覺得其中還有另一個更詭異可怕的東西。

然而，那是謊言。在她內心最深處，難道沒有更加截然不同、更駭人的想法嗎？她難道不是想將丈夫變成真正的活屍和人肉陀螺嗎？她想讓丈夫變成除了軀幹的觸覺之外，其餘全部喪失的一個生物，不是嗎？如此一來，她便能澈底滿足自己那無止境的殘虐性。殘疾人的全身，只有雙眼還留存著人類的些微樣貌，而她總覺得他並不完美，不是真正的人肉陀螺。

這樣的念頭一瞬間閃過時子腦海，她不禁發出尖叫聲，下一秒便留下正在扭動的肉塊，連滾帶爬地奔下樓梯，赤著腳衝入屋外的黑暗中。她像在惡夢中遭到可怕事物追趕般，拚了命不斷狂奔，出了後門，朝著村路右轉。不過，她意識到自己的目的地，是相隔三丁外的醫師家。

在萬般拜託之下，終於把醫師拉來自家時，肉塊和方才一樣，依然瘋狂扭動著。村裡的醫師只聽過傳聞，尚未見過殘疾者本人，因此被那詭異的模樣嚇破膽，即使時子囉唆地辯解自己一時衝動犯下這等嚴重事態，但醫師似乎沒有聽進去。他替傷患打了止痛針，照料傷口之後，便急急忙忙地回去了。

當傷者終於停止掙扎時，天色漸漸露出魚肚白。

時子撫摸著傷者的胸口，眼淚潸潸落下，不停說著「對不起」。肉塊似乎因為受傷的緣故而發燒，臉部紅腫，心臟劇烈跳動著。

時子一整天寸步不離病人身邊，甚至沒有進食，只是一個勁地更換放在病人額頭與胸口上的溼毛巾，發狂似地低聲說著冗長的道歉話語，無數次以指尖在病人胸口寫下「原諒我」，出於悲傷與罪惡感而忘了時間。

到了傍晚，病人稍微退燒，呼吸也變得順暢。時子心想病人的意識肯定已經恢復，又在他胸部皮膚上一字一字清楚寫下「原諒我」，並觀察他的反應。然而，肉塊毫無反應，即使失去雙眼，理應也能透過搖頭或露出笑容等方法來回覆她的文字，但肉塊動也不動，表情也沒有變化。從呼吸的狀態來看，也不像是睡著了。時子完全無法判斷，他是否連理解寫在皮膚上文字的能力都失去了？抑或是過於憤怒才保持沉默？他如今只是一塊軟綿綿的溫熱物體。

時子看著這難以形容的靜止肉塊，打從心底感到一陣前所未有的恐懼，不由得劇烈顫抖。

躺在那裡的，無疑是個生物，他有肺臟和胃臟，卻失去視力和聽力，也無法言語。沒有手可以握住物品，沒有腳可以站立。對他而言，這個世界永遠靜止，是一陣接連不斷的沉默和無盡的黑暗。有誰曾經想像過如此可怕的世界？居住在那個世界的人，心情豈是有人能比？他一定想要竭盡全力大聲求救吧！無論多麼微弱的光線都好，他應該想要看見物體的形影吧？即使是多麼細微的聲音也無妨，他想要聽見東西的聲響吧！他想要依偎或緊抓住某樣東西吧！然而，他已經完全不可能辦到上述任何一件事了。

時子頓時嚎啕大哭，出於不可挽回的罪孽和無可救藥的悲哀，像個孩子般吸起鼻涕。她一心想要見到人，想要見到有著正常樣貌的人，便拋下可悲的丈夫，衝向鷲尾家的主屋。

鷲尾老少將一言不發，聽完時子因為嗚咽而難以聽懂的冗長懺悔，震驚到好一會兒說不出話，但最後終於沮喪地說：

「總之，我先去探望須永中尉吧！」

由於這時已經入夜，便為老人準備了燈籠，兩人沉浸在各自的思緒中，默默穿過黑暗中的草原，抵達了別館。

「沒人在呀，這是怎麼回事？」

率先爬上二樓的老人驚訝地說。

「不，他就在床上呀！」

時子越過老人，來到剛才丈夫橫躺的被窩處，但這實在太奇怪了，那裡已經人去樓空。

「啊……」

話剛說完，她便茫然站在原地不動。

「憑那副行動不便的身體，應該不可能離開這房子，得找找屋內才行！」

一會兒，老少將催促地說。兩人找過樓上樓下每個角落，但遍尋不著殘疾人的身影。不僅如此，反倒還發現了某個驚人的東西。

「咦，這是什麼？」

時子望著殘疾人剛才睡的枕頭旁邊。

那裡有根柱子，上面留著不經長考就無法辨認，宛如孩童惡作劇所寫下的生澀鉛筆字。

當時子看懂那字是「原諒妳」時，彷彿霎時想通了一切。殘疾人拖著不便的身軀，用嘴找到書桌上的鉛筆，不知費了多大的工夫，才得以留下那三個字。

「他說不定自殺了！」

她不安地看著老人，發白的嘴唇顫抖著說。

鷲尾家收到緊急通報，家僕們人手一個燈籠，聚集在主屋與別館之間的雜草庭院。

接著，大家開始在暗夜中分頭搜索庭院的各個角落。

時子跟在鷲尾老人身後，憑藉他手上燈籠的淡淡光線向前走，內心惴惴不安。那根柱子上寫著「原諒妳」，那肯定是在回應她先前寫在殘疾人胸前的「原諒我」。他想表達「我要去死，但放心吧，我並不氣妳的所作所為」。

這種寬容讓她的心更痛了。沒有四肢的殘疾人無法正常下樓，必須整個軀幹一階一階地滾下樓梯。一思及此，她便因為悲傷和恐懼而全身寒毛直豎。

走了一會兒之後，她突然想到一件事，然後對老人低喃：

「再往前一點有個古井吧？」

「是的。」

老將軍只是背對著她，朝那個方向前進。

在無邊無際的黑暗中，燈籠的光只能朦朧照亮約方圓一間[02]的面積。「古井就在那兒。」

鷲尾老人如此自言自語，揮著燈籠，想要盡量看清楚遠方。

這時，時子突然有種預感，停下腳步。豎起耳朵，便聽見某處傳來好像蛇鑽過草叢的微弱聲響。

她和老人幾乎同時看見了那一幕。別說她了，就連老將軍也因為過於恐懼，站在原地無法動彈。

燈籠的火光勉強照到的微暗中，有個漆黑的東西在茂密的雜草間蠕動著。它長得像噁心的爬蟲類，高舉頭部小心試探著前方，軀體宛如波浪般起伏，其四個角落還有瘤一般的突起物扒著地面。那東西顯得急躁，但感覺其身軀不聽使喚，只能緩慢前進。

不一會兒，高舉的頭部突然放下，從兩人的視野中消失。一陣比剛才更大的樹葉摩擦聲傳來，下一秒那東西便倒栽蔥地徐徐滑落，彷彿被吸入地面似的消失無蹤。接著，有個低沉的水聲，咚地從遙遠的地底傳來。

那裡便是被雜草蓋住的古井口。

兩人即使目擊這一幕，也沒有氣力趕過去，只是一直呆立原地。

儘管奇怪至極，但在那匆匆的一霎那間，時子不禁想像了這樣的幻影：暗夜裡有一隻毛蟲爬在某種樹木的枯枝上，來到樹枝前端時，便因為蟲體自身的重量，掉落到下方無盡的漆黑空間。

原諒你

〔註解〕

01日制度量衡的一丁約為一零九公尺，故半丁約為五十五公尺。

02一間約為一點八二公尺。

跟隨[redacted]欣倫的思索脈絡[redacted]
進入夫妻之間的身心糾纏！

1 當他人讚賞時子的貞節，並善盡照顧丈夫之責時，為何時子從能坦然接受，到感覺害怕？

2 江戶川亂步用了哪些譬喻，來描述「廢人」般的須永中尉？

3 小說中解釋須永中尉的負傷原因，背後可能隱藏何種時代訊息？

→小說描述須永中尉在戰爭中失去四肢，政府以授予五等金鵄勛章作為補償，一開始被當成英雄，媒體報導，眾人稱讚，但隨時間過去，「歡慶凱旋的熱情冷卻，社會上漸趨平靜」，獨處的兩夫妻被社會遺忘，須永中尉對勛章也從熱切的凝望，到對榮譽的厭膩，江戶川亂步間接反映了戰爭的殘酷：戰爭過去，創傷留下，榮譽只是一時，孤單卻是永恆。

4 須永中尉為什麼費了那麼大的力氣，從家中二樓艱難地移動到古井邊投井？

STORY 03

阿勢登場

一

患有肺病的格太郎今天又被妻子抛下，不得不茫然地看家。無論他人再怎麼好，起初他仍然感到氣憤，甚至打算以此為由離婚，但生病這個弱點讓他逐漸打消念頭。一想到自己不久人世，再加上還有可愛的孩子，他便不敢胡來。在這方面，身為旁觀者的弟弟格二郎想法便果斷許多，他對哥哥的懦弱感到難耐，時常對此提出異議。

「為何哥哥會如此呢？換成是我，早就離婚了！那種人到底哪裡值得同情?」

然而，對格太郎而言，他對妻子阿勢並非只是同情。確實，他很清楚，若現在與阿勢分手，身無分文的她與情夫肯定會立刻陷入窘境。除了同情，他還有其他不離婚的理由。子女的去處當然令他憂心，但還有一件事讓他羞於向弟弟啟齒，那就是即使受到妻子如此對待，自己在某方面還是不願放棄阿勢。因此，他害怕妻子會和自己完全斷絕關係，甚至連妻子出軌一事都不去苛責。

阿勢對格太郎的這種心態知之甚詳，說得誇張點，他們之間有種心照不宣的默契。她與情夫玩耍之餘，也不忘留點餘力愛撫格太郎。即使自己這麼不中用，但從格太郎的角度來看，阿勢這點僅有的愛只令他感到滿足。

「但是，一想到孩子，我就無法那麼強硬。雖然不知道我還能再活一年或兩年，但我的壽命已到盡頭，若再失去母親，孩子未免太可憐了，所以我打算再忍一些時日。反正，阿勢過陣子肯定會回心轉意的。」

格太郎如此回答，而這總是讓弟弟更加氣惱。

即便格太郎如此寬大，然而阿勢不僅並未回心轉意，反而日復一日沉溺在婚外情中。她拿一貧如洗又長期臥病在床的父親當作藉口，假稱要去探病，頻繁地離家。確認妻子是否真的回到娘家當然輕而易舉，但格太郎就連這點小事都不做。他的心態很奇怪，甚至採取包庇阿勢的態度。

今天，阿勢同樣一大早便精心打扮，喜孜孜地出了門。

「回娘家不必化妝吧？」

格太郎忍著沒把這句嘲諷的話說出口。這時，他甚至對自己有話不說的可憐相，產生了一種快感。

妻子出門後，他開始拈花弄草以排遣無聊。即使赤腳走下庭院弄得渾身是土，也讓他的心情稍微輕鬆了些。再說，裝出沉迷於嗜好中的模樣，無論對別人或他自己都有所必要。

到了中午，女侍前來喊吃飯。

「午餐已經準備好了，還是您要稍後再吃呢？」

就連女侍都客套地用同情的眼光看自己，這讓格太郎很難過。

「啊，已經這個時候啦？那就吃吧！也去叫孩子來！」

他虛張聲勢，擺出一副快活的樣子如此回答。到了這時，凡事都虛張聲勢已經成了他的習慣。

不知是不是女侍們特別費心，在這種日子，菜色總是比平常豐盛，而格太郎過去這一個月從不曾吃過一頓美味的飯。就連在外身為孩子王的兒子正一，一旦碰到家中的冰冷氣氛，也會霎時失去活力。

「媽媽去哪裡了？」

正一心裡已經預料到某個答案，但不如此問就無法安心。

「她回外公家了！」

聽了女侍的回答，正一臉上浮現不像七歲孩子會有的冷笑，用鼻子哼了一聲便開始扒飯。雖然他只是個孩子，但他似乎也顧及父親而不繼續追問，而他也有他自己虛張聲勢的方法。

「爸爸，我可以找朋友來家裡嗎？」

吃完午飯後，正一撒嬌般地窺看父親的臉如此問。格太郎感覺這是可愛兒子竭盡全力的討好，除了覺得這孩子惹人憐愛到泛淚之外，同時也不由得對自己感到不快。然而，從格太郎口中吐出的回答，永遠都在虛張聲勢。

「可以啊，要乖乖地玩喔！」

獲得父親的允許後，這或許也是孩子的虛張聲勢，正一大叫著「太好了太好了」，快活地衝出大門，不一會兒便找來三、四個玩伴。當格太郎正在餐桌前剔牙時，兒童房已經開始傳來乒乒乓乓的玩鬧聲。

二

孩子們在兒童房裡始終靜不下來，他們似乎開始玩起鬼抓人，腳步聲從這個房間到那個房間，還有女侍制止他們的話音都傳到格太郎房間來。其中甚至有幾個孩子疑惑地打開格太郎身後的紙門，叫道：「啊，伯父在這裡呀！」

他們一看到格太郎，便一副尷尬的樣子如此大叫，然後逃往另一邊去。最後，就連正一都闖入格太郎的房間，說「我可以躲在這裡」，並且躲到父親的桌子底下。

見到這一幕，格太郎感到有所依靠，內心十分感動。於是，他便想到今天不拈花弄草，興起和孩子們一起玩耍的念頭。

「兒子，別嬉鬧了，爸爸要說個有趣的故事，快叫大家來吧！」

「太好了，真開心！」

正一聽了，便突然鑽出桌底，奔了出去。

「我爸爸很會說故事喔！」

不久，正一一副大人樣地如此介紹，率領同伴進到格太郎的房間。

「好了，請開始說故事吧！最好是恐怖故事！」

孩子們排排坐下，閃著好奇的眼神，有的則是害羞又戰戰兢兢地看向格太郎。孩子們並不知道格太郎生病的事，即使知道，也因為還是小孩，所以不會像成人訪客般露出特別小心翼翼的態度，這也令格太郎感到愉快。

於是，他前所未有地打起精神，思索著會讓孩子開心的故事，開始講述「從前，某個國家有個貪心的國王」。一個故事說完後，孩子們堅持還要再聽，格太郎便如他們所願，繼續說著第二和第三個故事。在和孩子一同徜徉於寓言世界中時，格太郎的心情益發愉快起來。

「那麼，故事就說到這裡，我們改玩捉迷藏吧！伯父我也一起玩。」

最後，格太郎如此提議。

「好呀，來玩捉迷藏！」

孩子們一副正如我所願的樣子，立刻表示贊成。

「那麼，大家就躲在這個家裡吧！準備好了嗎？好，猜拳吧！」

他像孩子般，開始嬉鬧地喊著剪刀石頭布。這或許是病情使然，也或許是他對於妻子行為不檢的一種若無其事的虛張聲勢。總之，他的舉動中有種自暴自棄乃是事實。

起初的兩、三回合，格太郎刻意當鬼，四處尋找孩子們天真的躲藏處。膩了之後就換他躲藏，和孩子們一起躲進壁櫥或桌下，努力藏起龐大的身軀。

「躲好了沒？」「還沒！」的叫喊聲，帶著狂亂響徹了屋內。

格太郎獨自躲在他房內的昏暗壁櫥中，微微聽見當鬼的孩子一邊喊「找到某某了」，一邊從這個房間跑到那個房間的聲音。有些孩子還「哇」地大叫一聲，冷不防從躲藏的地方跑出來。過了一會兒，孩子們一個個被找到，似乎只剩格太郎一人了。孩子們聚集起來，傳來有人找遍各個房間的氣息。

「伯父會躲在哪裡呢？」

「伯父，你快點出來吧！」

孩子們異口同聲如此呼喊的話聲傳來，他們逐漸走近壁櫥前方。

「呵呵呵，爸爸一定是躲在壁櫥裡。」

紙門前方傳來正一的低喃聲。格太郎知道自己快要被找到了，便想要再吊吊孩子們的胃口，悄悄打開壁櫥裡老舊長持[01]的蓋子並潛入其中，將蓋子蓋回去後屏住氣息。長持裡放著軟綿綿的寢具，他感覺自己彷彿躺在床上，並未感到不適。

當他蓋上長持蓋子的同時，沉重的壁櫥門嘎啦打開了。

一個孩子大叫：「伯父，我找到你了！」

「咦？不在這裡耶？」

「可是剛才有聲音啊？某某，你說對吧？」

「那一定是老鼠啦！」

孩子們低聲重複著天真無邪的問答（這從密閉的長持中聽起來距離甚遠），但過了良久，微暗的壁櫥中仍然悄然無聲，也沒有人的氣息，因此有人大叫：「有鬼啊！」孩子們便哇地逃開了。接著，遠處的房間微微傳來孩子們呼喊著「伯父快出來」的聲音，似乎正打開那兒的壁櫥，還在尋找中。

三

一片漆黑又有股樟腦臭味的長持內，竟然有種舒適感。格太郎想起少年時期那令人懷念的回憶，突然熱淚盈眶。這老舊長持是已故母親的嫁妝之一，還記得自己小時候經常將它當作船隻，坐在裡面玩耍。當他如此回想，甚至感覺到母親那溫柔的臉龐像幻影般浮現在黑暗中。

然而，當格太郎回過神來，孩子們不知是不是找到累了，開始安靜下來。他豎起耳朵仔細聽了一會兒，便極細微地聽見某個孩子掃興地說：

「真無聊，要不要出去外面玩？」

「爸爸呢？」

是正一的聲音。他最終也顯露出想到外面玩的氣息。

格太郎聽到這句話，才總算願意從長持裡出來。他想要飛撲出去，讓那群已經忍耐不住的孩子們大吃一驚。因此，他卯足全力去推長持的蓋子，但蓋子不知為何紋風不動，依然密閉著。起初他不以為意，反覆推了好幾次，但漸漸領悟到一件可怕的事實，那就是自己偶然被關進長持裡了。

長持的蓋子上附有開洞的金屬鉸鍊，能與下方突出的金屬零件嵌合，而剛才蓋上蓋子時，原本往上掀開的鉸鍊剛好落下，形同上了鎖。古早的長持在堅固的木板角落釘上了鐵板，是非常牢固的產品，鉸鍊同樣做得十分牢靠，對抱病在身的格太郎而言，沒有半點足以破壞的可能。

他一邊大聲呼叫正一的名字，一邊叩叩叩地敲打蓋子內側，但孩子們大概是放棄尋找，跑到屋外去玩了，完全無人應答。因此，他又試著輪番呼喊女侍們的名字，竭盡全力在長持中掙扎。然而，極為不走運的是，女侍們或許是正在井邊摸魚，又或許是從女侍房聽不見他的聲音，仍然無人回應。

這個壁櫥所在的房間位於屋內最深處，再加上長持密不透風，在裡面喊叫的聲音是否能傳到兩、三個房間外的距離，仍然有待商榷。而且，女侍房位在離這裡最遠的廚房那側，只要沒有豎耳細聽，基本上是聽不見的。

格太郎所發出的聲音逐漸尖了起來，他心想，要是再沒有人來的話，自己豈不是要死在長持裡了嗎？他一方面覺得不會有這麼愚蠢的事，甚至感覺滑稽到快要笑出來了，但另一方面也覺得這絲毫不是笑得出來的事。回過神來，對空氣敏感的他似乎吸不到氣，而他感到呼吸困難並不只是因為掙扎，由於從前的作工很精緻，因此密閉的長持肯定連透風的縫隙都沒有。

他的力氣看似已在方才的過度掙扎中用盡，但一想到這裡，他更是擠出力量又敲又踹，拚死命大鬧。若他身體健全，只要像那樣掙扎，或許不難在長持的某個地方製造出一處空隙，但靠他那衰弱的心臟和細瘦的手腳，終究使不出那種力量。再加上由於缺乏空氣，喘不過氣的感覺每分每秒向他逼近。出於疲憊和恐懼，他的喉嚨乾涸到連呼吸都覺得痛。該如何形容他這時的感受呢？

假如自己被關進更尋常的地方，因患病遲早會死的格太郎肯定會死心，但在自家壁櫥的長持中窒息而死，無論怎麼想都太不現實又滑稽至極，他實在不願輕易以這種有如喜劇般的方式死去。女侍應該很快就會來這裡，如此他便能如夢一般得救，能夠將這痛苦當作一場笑話。得救的機會越大，他越不可能放棄，但恐懼和痛苦也隨之放大。

他一邊掙扎，一邊用沙啞的嗓音詛咒著無辜的女侍們，甚至還詛咒了兒子正一。以距離來說，雙方恐怕相距不到二十間02，而他們那沒有惡意的漠不關心，正因為沒有惡意而更令他感覺可恨。

在黑暗中，呼吸一分一秒益發困難，他已經發不出聲音了。唯有吸氣時會發出怪異的聲音，像魚在陸地上擱淺般持續著。他的嘴巴張大，上下排牙齒甚至如骸骨般露出牙齦。儘管他知道這樣做沒有任何意義，仍然死命用雙手指甲刮著蓋子內側，甚至沒有發現指甲即將剝落。他承受著如死一般的痛苦，但即使到了這時，他仍然抱著一絲得救的希望，不願就此死去。然而，他所遭遇的卻是難以言喻的殘酷，不得不說那種巨大的痛苦，即使是死於何種絕症的患者或死刑犯都不曾嘗過。

四

出軌的妻子阿勢與情夫私會回來時是當天下午三點左右，正好是格太郎在長持中執著不願拋棄最後希望，已經奄奄一息，在瀕死般痛苦中掙扎的時候。

阿勢出門時幾乎癡迷到無暇顧及丈夫的心情，但即便是她，回到家時也不免有些愧疚。當她看見門口一直開著的樣子，不禁心想平時恐懼的婚姻破碎是否將在今日降臨，心跳開始加速。

「我回來了。」

阿勢等著女侍回應，如此喊道，但沒有任何人前來迎接。每個打開的房間都杳無人跡。況且，連那個懶得出門的丈夫也不見人影更讓她覺得奇怪。

「有人在嗎？」

阿勢來到起居室，拉高嗓子再喊一次，於是女侍房便傳來慌亂的應答聲。或許剛才在打盹，一名女侍頂著浮腫的臉走出來。

「只剩妳一個嗎？」

阿勢忍著怒氣問。

「呃，阿竹在裡面洗衣服。」

「那老爺呢？」

「在房間裡吧！」

「但他這不是不在嗎？」

「咦？這樣嗎？」

「什麼嘛。妳剛才一定在睡午覺吧？這不是很傷腦筋嗎？少爺呢？」

「不曉得，他剛才還在屋裡玩，老爺也和他一起玩捉迷藏呢。」

「唉，真拿他沒辦法。」阿勢聽了，這才終於回到她平時的樣子，說：「那麼，老爺一定也出去了，妳去找他回來，找到人就好，不必來叫我了。」

阿勢話中帶刺地下令之後，便走進自己的房間，站在鏡子前開始換衣服。

當她正要解開腰帶時，豎耳仔細一聽，便察覺位於隔壁的丈夫房間傳來奇怪的喀喀聲。或許是直覺使然，她覺得那怎麼都不像老鼠的聲音，更仔細聽的話，似乎還有沙啞的人聲。

阿勢停下寬衣解帶的手，按捺著詭異的感受，打開房間之間的紙門，這才發覺壁櫥的門開著，聲音似乎就是從那裡面傳來的。

「救命，是我啊！」

那道聲音非常細微，若有似無地含在口中，卻異常清晰地傳進阿勢耳中。那無疑是丈夫的聲音。

「唉呀，你究竟在這長持中做什麼？」

連阿勢也忍不住大吃一驚，跑近長持旁邊，一邊鬆開鉸鍊，一邊說：「原來如此，你們在玩捉迷藏吧？真是的，別玩這麼無聊的惡作劇了……不過，為什麼這個會鎖上呢？」

假如阿勢是個天生的惡女，那麼比起偷情，能夠迅速想出此等邪惡之計，更能顯現其本性。她打開鉸鍊並稍微提起蓋子，不知道想到了什麼，又使力將蓋子蓋回原位並扣上。

這時，格太郎大概從內側用上了全力，但以阿勢的感覺而言，那只是極為微弱的向上力道，而她就像要壓制那道力量般蓋上了蓋子。從此之後，每當阿勢回想起這件殘忍的殺夫之事，最讓她苦惱的不是別的，就是闔上這長持蓋子時，丈夫那微弱的抵抗力道。對她而言，那比血淋淋的死前掙扎模樣可怕好幾倍。

先不管這回事了，將長持恢復原狀後，阿勢碰地一聲用力關上壁櫥門，連忙回到自己的房間。但她終究沒有膽量更衣，而是一臉鐵青地坐在衣櫃前，彷彿要蓋過隔壁房間的聲音似地，毫無意義地將衣櫃的抽屜開開關關。

「做了這種事，自己究竟能不能全身而退呢？」

她在意得快要發狂，然而這時根本沒有餘力慢慢思考，在某種情況下，即使她深知要思考有多麼不可能，也只能坐立不安。雖說如此，但事後想來，她那一瞬間的念頭並無絲毫疏漏。不但已經知道鉸鍊是自然鎖上的，而且孩子和女侍們肯定也會作證說格太郎大概是在玩捉迷藏時不慎被關進長持裡了。此外，就連沒聽見長持中的聲響和叫聲這一點，也只要說家裡太太沒有察覺即可。現下，不就連女侍們都渾然不覺嗎？

儘管阿勢並未想得如此透澈，但她那能敏銳察覺惡的直覺連理由都沒想，只是對她低語著「沒事的沒事的」。

去找孩子的女侍還沒回來，在屋後洗衣的女侍也沒有要進屋來的跡象。希望丈夫的呻吟聲和他製造的聲響趁現在趕緊止息——阿勢滿腦子只有這個念頭。然而，即使壁櫥裡那充滿執念的聲響已經衰弱到幾乎聽不見，但它依然有如壞心眼的發條裝置般反覆斷斷續續。阿勢懷疑或許是自己的錯覺，將耳朵貼在壁櫥的門板上（她無論如何都不敢打開）一聽，那道極為可怕的摩擦聲仍未停止。不僅如此，她甚至感受到，格太郎那大概已經澈底乾涸的舌頭，正低喃著不成語意的怨言。毋庸置疑地，那肯定是針對阿勢的可怕詛咒話語。她過於害怕，差點就要改變心意打開長持，但她很明白，要是那樣做，自己將會更加站不住腳。一旦被人察覺自己的殺意，事到如今又怎麼能救他呢？

儘管如此，長持裡格太郎的感受又如何呢？就連身為加害者的她，都猶豫著要不要改變心意。然而，她的想像和當事人極大的苦悶比起來，肯定不足千分甚至萬分之一。即使是個淫婦，但妻子一度在自己快要放棄時意外現身，甚至還打開了鎖，這時格太郎的欣喜應該無可比擬吧！即使平日怨恨的阿勢再多次出軌，他對阿勢的感謝之情肯定也多到足以彌補。無論是多麼體弱多病之身，對嘗過瀕死滋味的人而言，性命就是這麼可貴。然而，在那短暫的喜悅過後，他又再次被推進連絕望亦難以形容的無限地獄中。倘若無人前來相救，就此死去的話，那痛苦絕非世上所有，然而卻有好幾倍、幾十倍無法言喻的苦悶，藉由淫婦之手施加在他身上。

雖然阿勢沒可能想像得到那種程度的苦悶，但以她料想得到的範圍而言，她也並非不憐憫丈夫悶死之事，並非不後悔自己的殘虐，然而就連惡女自己，都對她那宿命中的不道德心態束手無策。她站在不知不覺中恢復寂靜的壁櫥前，描繪著懷念的情夫面容，而非悼念犧牲者之死。光是想到丈夫的遺產多到能夠玩樂一生，能和情夫過著不必忌憚任何人的快活日子，就足以讓阿勢遺忘她對死者的那點憐憫之情。

她如此找回常人無法想像的平靜，退回隔壁房間，嘴角甚至浮現無情的苦笑，接著開始解開衣帶。

五

到了當晚八點左右，在阿勢巧妙的安排下，家中上演了發現屍體的場面，北村家上上下下起了大騷動。親戚、出入者、醫師、警察與連忙前來的人們擠滿了廣大的客廳。由於無法略過驗屍程序，因此刻意將格太郎的屍體原封不動放置在長持中，官員們不久便圍站在四周。打從內心悲傷嘆息的弟弟格二郎，以及臉上流著虛偽淚水的阿勢兩人混在官員的隊伍中，在局外人眼中看來，兩人的悲傷程度是多麼不分軒輕啊。

長持被抬到客廳正中央，蓋子在某位警官手中輕率地打開了。五十燭光的電燈，照亮了格太郎醜陋而扭曲的苦悶之姿。平時梳理得整齊的頭髮像倒豎般凌亂，手腳有如臨終時般痙攣，眼球突出，嘴巴張得不能再大。若阿勢身上並未潛藏著惡魔，只要看那模樣一眼，立刻就會悔悟並全盤托出。

即使如此，她畢竟還是不敢直視屍體，而她不僅並未吐實，還哭著說出顯而易見的連篇謊言。即使她膽大包天到殺了一個人，但就連她本人都為自己為何能如此冷靜感到不可思議。幾個小時前，她外出與人私通回到家門前時還那麼惴惴不安（儘管當時的她確確實實已是個惡女），但現在已經判若兩人。見到此景，天生寄宿在她體內的可怕惡魔，如今正開始現出原形。即使這惡魔在她後來遭遇某次危機時喚來超乎想像的冷靜，從外在也看不出來。

驗屍手續終於順利結束，屍體藉由家屬之手從長持中移到其他地方。他們這時才稍微找回一些餘力，得以注意到長持蓋子內側的刮傷。

即使是完全不知情，也不曾親眼見到格太郎悽慘死狀的人看了，肯定也會覺得那些抓傷異常驚人。那上面刻著死者可怕的妄執，鮮明到無論多麼傑出的名畫都比不上。任誰看了一眼都會移開視線，不願再見到它。

其中，唯有阿勢本人和格二郎兩人發現那些刮傷裡有著驚人之物。其他人和屍體一起到了別的房間，只有兩人留下，從長持兩端異常地持續凝視那出現在蓋子內側，有如暗影之物。那裡究竟有什麼呢？

那雖然有如影子般朦朧，像瘋子的筆跡般生澀，但若仔細端詳，會發現在無數的抓痕上有一字很大，一字很小，有些筆劃斜斜的，有些筆劃扭曲得好不容易才能判讀，鮮明地呈現出「阿勢」兩字。

「是大嫂的名字呢。」

格二郎將凝視的目光直直轉向阿勢，低聲說道。

「是啊。」

啊啊！如此冷靜的話語從這時的阿勢口中說出，是多麼驚人的事實啊！她當然不可能不曉得那兩個字的意義，那是瀕死的格太郎使盡全力，才終於寫下的詛咒阿勢的文字。他在刻下最後一筆劃的同時抱著妄執窒息而死，或許他是多麼想要接著寫下阿勢就是兇手的事，但不幸的格太郎連這一點都沒能辦到，抱著千古遺恨就這麼死去了。

然而，善良的格二郎並未懷疑那麼多。他想像不到，「阿勢」兩字便是意味著下手的人。他從那幾個文字中得到的感想，就只有對阿勢朦朧的疑心，以及哥哥就連瀕死之際也忘不了阿勢，充滿苦悶的指尖就此停下的悽慘心情。

「唉呀，他大概就是這麼放不下我吧！」

過了一會兒，阿勢心想對方大概已經察覺弦外之音，帶著懺悔出軌一事的意味如此深深感嘆道，接著突然用手帕遮住臉，潸潸流著眼淚（無論演技多好的演員，恐怕都不可能流下如此虛假的淚水）。

六

辦完格太郎的喪禮後，阿勢最先演的一場戲便是和情夫斷絕關係，而這當然只是做做表面工夫。接著，她又以無人能比的技巧，全力消除格二郎對自己的疑心，某種程度上也成功了。雖然只是暫時的，但格二郎完全被這妖婦欺瞞過去了。

於是，阿勢就這樣領到超出預期的遺產，賣掉已經住慣的宅邸，帶著兒子正一接連搬家，借助她擅長的演技，在不知不覺中遠離了親戚們的監視。

至於那最關鍵的長持，則是被阿勢強行奪下，偷偷賣給了古董商。那長持如今究竟落入誰的手中呢？那抓痕與詭異的文字，難道不會激起新主人的好奇心嗎？他是否會對刮痕中隱含的可怕妄執感到顫慄呢？此外，「阿勢」這不可思議的兩個字，又會讓他想像出一位什麼樣的女性呢？還是說，他心中所浮現的，是個不知世間醜惡的清純少女也未可知。

【註解】

01 用來放置衣物的長方形木箱。

02 一間約為一點八二公尺，二十間約為三十六點四公尺。

跟隨作家李欣倫的思索脈絡，
挖掘故事裡細膩的感官隱喻！

1小說中多次寫到，格太郎在女侍和兒子正一的面前「虛張聲勢」，甚至連正一也擺出「虛張聲勢」的姿態，為什麼如此描寫？

→無論是格太郎還是正一，「虛張聲勢」暗示他們想掩蓋內心真實的感受，刻意表現出「我很好」的樣子，格太郎雖然因妻子會見情夫而難受，但還是擺出一副快活的樣子，假裝什麼事都沒發生。即使猜到媽媽不在家的原因，正一也假裝成熟懂事的模樣，因為顧及到父親的心情。這對父子倆的「虛張聲勢」，可以對讀小說最後，謀殺丈夫的阿勢所上演的戲碼，作者寫她在眾人面前所展現的悲傷演技，也是「虛張聲勢」的表現。由此看來，小說家如實地點出了人與人之間的疏離，即使是家人也無法全然真誠，不過格太郎與正一的「虛張聲勢」，卻都是出自於善意，他們因考量到對方的處境而掩蓋真實內心想法，由此也產生對比：相較於阿勢的惡念，格太郎如此善良。

2 每當阿勢回想殺夫過程中，最讓她苦惱的，為什麼是「關上這長持蓋子時，丈夫那微弱的抵抗力道」？甚至她認為這個動作「比血淋淋的死前掙扎模樣可怕好幾倍」？

3 小說並沒有結束在格太郎喪禮辦完一事，而是描繪了阿勢接下來的決定。她做了哪些決定？小說家這麼描寫，可能有什麼用意嗎？

4 讀完小說，請想想自己曾經關在一個黑暗地方的經驗，無論是被迫還是主動。仔細回想，那是什麼空間？在什麼情況下，你進入了那樣的空間？當時你的感受為何？邀請你寫下這類經驗的文字。

STORY
04

和貼畫旅行的人

假如這件事不是夢境，也不是我一時失常所經歷的幻象，那名帶著貼畫旅行的男子肯定是個瘋子。然而，如同夢境有時能讓人窺見另一個與現世不同的世界，也如同瘋狂之人能見聞我們全然感受不到的事物一樣，這件事或許是我透過不可思議的大氣透鏡裝置，在霎時間窺見了位於現世視野之外的，另個世界的一角。

不知是哪個溫暖的微陰之日，我特地到魚津觀賞海市蜃樓，這件事便發生在歸途中。當我提起這回事，熟識的朋友經常吐嘈：「你根本沒去過魚津吧？」關於這點，我拿不出自己何日何時前往魚津的確切證據。看來，那件事果然是夢吧？我從來不曾做過色彩那樣濃厚的夢，夢中的風景往往有如不具色彩的黑白電影，但唯有當時在火車上的景象，以及那幅鮮豔的貼畫成了主軸，以更勝紫色與胭脂紅的色彩，如蛇眼的瞳孔般活生生烙印在我的記憶中。宛如著色電影的夢境是否存在？

那時是我有生以來第一次看到海市蜃樓。我原先的想像是那幅美麗龍宮飄浮在蛤蜊吐息中的古風繪畫，看了真正的海市蜃樓後卻產生了令我冒冷汗且近似於恐懼的驚異。

如豆粒般的人群密密麻麻地聚集在魚津海濱的行道樹下，屏住氣息眺望填滿整個眼界的廣闊天空與海面。我從來沒看過那麼靜默的大海，對一直以為日本海驚濤駭浪的我而言，這非常出乎意料之外。那片灰色海洋絲毫不起漣漪，讓我覺得它彷彿是個連綿到無垠彼方的沼澤，也像太平洋一樣看不見海平面，大海與天空融在相同的灰色中，被不知有多厚的霧靄覆蓋。我以為是天空的霧靄上半部其實是海面，大型的白色船帆像幽靈似的輕輕滑行而過。

海市蜃樓就像是在乳白色的底片表面倒上墨汁，墨汁逐漸滲入的模樣化為巨大無比的電影，投影在天空中。

能登半島的遙遠森林像失焦顯微鏡底下的黑色蟲子，透過不一致的大氣變形透鏡，於近在眼前的天空上放大為模糊且大到誇張的成像，覆蓋在觀測者的頭上。那雖然像是形狀古怪的烏雲，但相較於烏雲的位置明確，奇怪的是海市蜃樓與觀測者之間的距離卻極難捉摸。它像飄浮在遠方海上的巨大和尚妖怪，但看起來往往也像近在眼前一尺處的奇形怪狀霧靄，甚至還讓我覺得像是浮在觀測者角膜表面的一個暗點。距離不明令我對海市蜃樓有種超乎想像的詭異又瘋狂的感受。

輪廓模糊的巨大漆黑三角形如塔般向上堆疊，一眨眼便塌了下來，像細長的火車般水平延伸，當其中幾個三角形消失，看起來又像林立的檜木樹梢，看似保持不動，但時不時變化為迥然不同的形狀。

倘若海市蜃樓的魔力會讓人瘋狂，那麼至少到搭上回程的火車為止，我都沒能擺脫它的魔力吧！可以確定的是，站了兩個多小時，一直凝視妖異天空的我，直到當天傍晚離開魚津、在火車上過夜為止，心態與平時全然不同。那種瘋狂難道就像攔路殺人魔，瞬間掠奪並入侵人類的內心嗎？

我大約在傍晚六點左右搭上從魚津車站開往上野的火車，不知是不可思議的巧合或當地的常態，我搭乘的二等車廂像教堂般空蕩蕩的，除了我之外，只有一名先到的乘客坐在對面角落的座位上。

火車發出單調的機械音，漫無盡頭地行駛在寂寥海岸的陡峭斷崖或沙灘上。海面有如沼澤，色如瘀血的晚霞隱約從霧靄背後透出來，顯得異樣巨大的白色船帆如夢滑過其中。由於那天是個絲毫無風而悶熱的日子，只有微風像幽靈一般，在列車前進時從處處開啟的車窗有一搭沒一搭地飄進來。許多短短的隧道和遮雪的柱子一一通過，將偌大的灰色天空與大海切分成段。

列車行經親不知的斷崖時，日落後的黑暗降臨，讓人感覺列車內的燈光與天空的亮度相當。恰好就在這時，坐在對面角落的唯一同車乘客突然站起，將黑色緞子的大包袱巾攤開在座椅上，並開始用它包覆原本立在窗邊的，長約二、三尺的扁平物品。那東西給我一種頗為奇妙的感受。

那扁平物體大概是個畫框，男人將它正面朝向窗戶立著似乎有某種特殊意義，怎麼想都覺得是特地從包袱巾中取出，再像那樣朝外靠著。此外，我在他再次包起時看了一眼，畫框正面是鮮豔濃密的繪畫，異樣地活靈活現，總覺得並非世間常見之物。

我重新打量這古怪物品的主人，發現物主比那物品更不尋常而大吃一驚。

男子穿著極為復古、領口狹窄且肩膀處縮水的黑色西裝，那只在父執輩已褪色的年輕時期照片中才能看到，但意外地很適合這名身材高大、雙腳修長的男子，甚至顯得相當有氣概。男子臉頰消瘦，雙眼閃著有些過度的光輝，整體來說相當整潔俐落。整齊梳開的頭髮富有烏溜溜的色澤，乍看之下像是四十歲左右，但仔細觀察才發現他整張臉全是無數的皺紋，猛一看也像六十多歲。當我察覺此事，那頭黑髮與縱橫刻劃在白皙臉龐上的皺紋形成對比，給我一種甚至感到驚嚇的極度怪異感。

男子細心地包好物品後突然看向我，當時我正好也很專注地觀察對方的動作，於是雙方的視線便不經意地筆直交會。他似乎有些難為情地揚起嘴角，微微露出笑容，我也忍不住向他點頭致意。

然後，在列車行經兩、三個小站的期間，我們就這麼坐在彼此的斜對角，偶爾會有視線從遠方看過來，但一交會便尷尬地轉向一旁，這樣的情況反覆發生。車窗外頭已經全暗，即使我把臉貼近窗戶的玻璃向外看，也只是偶爾有海港的漁船舷燈遠遠浮現，此外別無任何亮光。在無盡的黑暗中，只有我們的細長車廂形成唯一的世界，無窮無盡地喀噠喀噠向前駛去。那感覺就像是全世界所有生物都銷聲匿跡，只留下我們兩人在這昏暗的車廂裡。

我們搭乘的二等車廂每一站都無人上車，就連列車服務員或車掌也不曾現身，如今回想起這一點仍覺得異常古怪。

我逐漸對這名像是四十歲也像六十歲，外貌有如西洋魔術師般的男子感到害怕。恐懼這種東西要是沒有外在事物干擾就會無限擴大到全身，我終於害怕到寒毛直豎，按捺不住而突然起身，邁開步伐走向坐在斜對角的那個男人。正因為那個男人讓我感到不快和恐懼，所以我才走近他。

我在他對面的座位輕輕坐下，靠近一看便覺得他那張滿是皺紋的白皙臉龐顯得更加異樣，我抱著一種彷彿自己才是妖怪的矛盾感受，瞇起眼睛屏息盯著男人的臉。

男人從我離開原本的座位時便一直用眼神迎接我，當我望向他的臉，他彷彿等待已久，用下巴指了指身旁那塊扁平物體，一副這是最平常的招呼語似的，單刀直入地說：

「這個嗎？」

那語氣太過理所當然，我反而因此嚇了一跳。

「您想看這個對吧？」

由於我沒回答，男子再次發問。

「您要看嗎？」

我被對方的步調牽著走，忍不住做出奇怪的回答，儘管我絕對不是因為想看那樣東西才離座的。

「我很樂意讓您過目。其實我剛才就在想，您一定會為此提出要求。」

男子——雖然說是老人更貼切——如此說，以細長的手指俐落地拆開包袱巾，將那幅像是畫框的東西正面朝內地立在窗邊。

我只是瞥了畫框正面一眼，雙眼便忍不住閉上。雖然至今依然不知原因為何，但我莫名有種不那麼做不行的感覺，便閉眼了幾秒鐘。當我再次睜開眼睛，呈現在我眼前的是未曾見過的奇妙景象——儘管我缺少能夠清楚描述那「奇妙」之處的詞彙。

畫框裡鮮豔地塗了以藍色為主的粉彩，以極為高明的遠近法描繪出嶄新榻榻米與格子天花板延展到遠方的光景，猶如將好幾個房間打通的歌舞伎舞台背景。左前方畫了粗糙且漆黑的書院風窗戶，一旁以無視角度的畫法，畫了一張同色的書桌。若說那些東西的背景與繪馬上的獨特畫風相似，應該最簡單明瞭吧！

背景裡浮出兩個約一尺高的人物，之所以說浮出，是因為唯有人物是以貼畫創作而成。穿著古風黑天鵝絨西服的白髮老人彷彿很擁擠似的坐著，（不可思議的是，除了髮色之外，他的容貌和持有畫框的老人一模一樣，就連身上穿著的西服剪裁都很相似），一名嬌豔欲滴的十七、八歲美少女梳著結綿髮型，身穿紅底鹿斑圖案振袖和服，還繫著與和服互相輝映的黑色緞子腰帶，面露難以形容的嬌羞，依偎在老人的大腿上，那畫面說白了便類似戲劇中的春宮場景。

西服老人與性感美少女兩相對照下當然顯得格格不入，但令我感到「奇妙」的並不是這一點。

與粗糙的背景相反，貼畫的作工之精巧令我吃驚。人臉的部分以白絹做出凹凸，連細微的皺紋都一一呈現，少女的秀髮像是將真正的毛髮一根根植入，以如同真人的方式綁起，而老人的頭肯定也是用真正的白髮細心植入。西服有著精準的接縫，甚至還有米粒大的鈕扣固定在恰到好處的位置。無論是少女隆起的乳房，抑或是雙腿的妖豔曲線，敞開的紅色縮緬，以及若隱若現的膚色，手指上長著貝殼般的指甲，在在都讓我感覺若以放大鏡觀察，應該連毛孔和汗毛都確實存在。

說到貼畫，我只看過貼在羽球板上的歌舞伎演員肖像，儘管羽球板上的貼畫作工也十分精巧，但這幅貼畫更是精緻到絕非那點程度的東西可以比擬，應該是出自業界名家之手吧？然而，這也不是讓我感到「奇妙」的地方。

畫框整體似乎相當老舊，背景的粉彩四處剝落，少女紅底鹿斑圖案的振袖和服和老人穿的天鵝絨服飾都褪色得慘不忍睹，但那斑駁的色彩卻保有難以名狀的鮮豔，活靈活現得烙印在觀者的眼底。這要說是不可思議倒也沒錯，但我說的「奇妙」也不是指這一點。

若真要說起來，奇妙的地方在於這兩名貼畫人物都活著。

在名叫文樂的人偶劇裡，一天的演出中會有那麼一、兩次，而且是一瞬間，大師所使用的人偶彷彿注入靈魂般看似真的活著，而那幅貼畫的人物就像是不給靈魂脫逃的機會，將人偶活起來的那一瞬間直接貼在畫板上，永遠活著。

老人或許從我的表情中看出驚異的神色，用內心有所倚靠的語氣，幾乎要叫出來似的說：

「啊啊，如果是您，應該能夠理解吧！」

他一邊說著，一邊小心翼翼拿鑰匙打開掛在肩膀上的黑色皮套，從裡面取出一副極為古風的雙筒望遠鏡，並且遞給我。

「請您使用這個望遠鏡看東西。不，那裡太近了。不好意思，請再過去那邊一點。對，就是那裡。」

儘管男子的要求實在古怪，但我成了無限好奇心的俘虜，照老人所說的離開座位，退到離畫框五、六步遠的地方。老人雙手拿著畫框，放在電燈下，方便我觀看。現在回想起來，那實在是個很奇怪又瘋狂的景象。

那副望遠鏡大概是二、三十年前的舶來品，是我小時候經常在眼鏡行招牌上看到的奇形怪狀雙筒望遠鏡，而它的黑色表皮在經手摩擦下剝落，處處露出內裡的黃銅材質，和它主人的西服一樣，是個相當古風且令人懷念的物品。

我一副很稀奇的模樣，把玩那副望遠鏡好一會兒。就在我用雙手將它拿到眼前，想要透過它窺看時，老人突然發出近似悲鳴的叫聲，讓我險些弄掉了望遠鏡。

「不行、不行！您拿反了！千萬不能反著看！」

老人臉色鐵青，雙眼圓睜，不停揮著手。將望遠鏡反過來看為什麼是如此嚴重的事？我無法理解老人這個異樣的舉動。

「原來如此，我拿反了啊？」

我專注使用望遠鏡，沒在意老人可疑的表情，將望遠鏡拿正後便立刻湊近，用它窺看貼畫上的人物。

隨著望遠鏡逐漸對焦，兩個圓形的視野重疊合一，原本朦朦朧朧的彩虹般影像越來越清晰，少女的胸部倏忽放大，宛如全世界般填滿我的視野。

由於我在那之前和之後都不曾看過物體如此呈現，因此很難描述得讓讀者看懂，但我試著聯想相似的事物。比方說，那該形容為從船上潛入海中的海女某一瞬間的模樣嗎？海女的裸體潛到水底時，會因為藍色水層複雜地流動而像海藻般不自然地扭曲，輪廓也變得朦朧而顯得像發白的妖怪，但隨著海女浮上水面，海水的藍便逐漸變淺，人形清晰顯現，當海女在頭露出水面的瞬間睜開眼，水中的白色妖怪便立刻現出人類的真面目。貼畫中的少女以這種感覺，透過雙筒望遠鏡現身在我眼前，化為一名等同真人大小的活生生少女，開始動了起來。

古風的十九世紀三稜雙筒望遠鏡那頭有我們完全想像不到的另一個世界，梳著結綿髮型的美女和穿著舊式西服的白髮男人在那裡過著古怪的生活。此時，魔法師讓我觀看了不該看的情景，懷著難以言喻的古怪心情，卻又像鬼上身般對那個不可思議的世界看得入迷。

儘管少女沒可能在動，但她全身的感覺和以肉眼觀看時大不相同，不但充滿生氣，白皙的臉還稍微透著紅暈，胸口在起伏（實際上，我甚至聽見了心跳聲），年輕女性的活力穿透了絹織衣裳，從她的肉體蒸發出來。

我透過雙筒望遠鏡將少女全身看了一輪，接著將望遠鏡轉向少女所依偎的幸福白髮男子。

在雙筒望遠鏡的世界裡，老人同樣活著。他看上去和少女相差四十多歲，雙手懷抱著少女的肩膀，儘管他一副幸福樣，但奇怪的是，他那填滿鏡頭的臉龐上，多達幾百條的皺紋底下卻顯現出古怪的苦悶。這大概是因為老人的臉透過鏡片放大並近在眼前一尺之處的緣故，但那是一種混合了悲痛與恐懼的異樣表情，讓我越看越發毛。

看到此景，我感覺像是做了惡夢，再也無法繼續用雙筒望遠鏡看下去，忍不住拿開它，並環視四周。我依然在寂寥夜晚的火車裡，貼畫的畫框和捧著它的老人也維持原貌，車窗外一片漆黑，單調的車輪聲聽起來也無不同。我覺得自己彷彿剛從惡夢中醒來。

「您一臉不可思議的表情呢！」

老人將畫框放回原本的車窗旁靠著並回到座位，接著做出要我坐在他對面的手勢，看著我說：

「我的腦袋似乎不正常。哎呀，真是熱壞了！」

我向他打了個招呼，隱藏自己的難為情。老人駝起背，將臉靠向我，細長的手指像在打暗號似的在大腿上動著，用很低沉很低沉的聲音細語著：

「他們活著吧？」

然後，老人像要坦承一件大事似的，背部更加前屈，睜大那雙滴溜溜的眼睛，像要把我的臉看出一個洞似的凝視我，低聲問：

「您想知道他們的遭遇，對吧？」

由於火車晃動和車輪的聲響，我懷疑自己聽錯了老人的低喃聲。

「您是說遭遇嗎？」

「沒錯。」老人依然低聲說道，「尤其是其中那位白髮老人的遭遇。」

「要從他年輕時說起嗎？」

那個晚上，就連我都莫名用異常的方式說話。

「是的，那是發生在他二十五歲的時候。」

「請您務必告訴我。」

我像是想知道普通活人的遭遇般，若無其事地催促老人開口。於是老人很開心地皺起臉上的皺紋，說「您果然願意傾聽」，接著開始敘述起極其不可思議的故事。

「那已經是我人生中的一件大事，所以我記得很清楚，在明治二十八年四月二十七日傍晚，家兄變成這樣（他指了指貼畫裡的老人）。當時，我和家兄還住在日本橋大道三丁目的老家，家父在經營布莊，是淺草那座十二層樓瞭望塔剛完工沒多久的事。家兄每天都很開心地登上那凌雲閣，因為他特別喜愛異國事物，也喜歡追流行。就連這副望遠鏡也是，它原本是別國船長的所有物，是家兄從橫濱中華街一家古怪的二手商店弄來的，以當時來說花了相當多錢呢。」

老人每次說到「家兄」，便會看向或指向貼畫裡的老人，簡直像是他哥哥就坐在那裡一樣。老人將他記憶中的兄長與貼畫中的白髮老人混淆，說話方式彷彿意識到身旁的第三者，又像是貼畫有生命，正在聽他說話。然而，神奇的是我一點也不覺得奇怪，在那一瞬間，我和他們似乎到了另一個超越自然法則，與現實相違的世界。

「您曾經登上十二階嗎？啊啊，沒有嗎？真可惜。那究竟是哪來的魔法師建造的呢？它實在是怪異到了極點的東西。據說外觀是義大利技師巴爾頓設計的。請您想想看，說到當時的淺草公園，最有名的就是蜘蛛男的展示、少女舞劍、踩球特技表演、源水大師的打陀螺表演和窺戲箱，最奇怪的頂多就是仿造的富士山，以及名叫『迷宮』的八陣隱杉而已。您說，那種地方竟然忽地建造了高到不像話的磚塊塔，不是很驚人嗎？聽說它高四十六間，也就是超過半丁，八角形的屋頂像西洋人的帽子般尖起。只要登上高處，無論從東京的哪個角落，都看得到那紅色的鬼玩意。

如同我方才所說，明治二十八年春天，家兄獲得這副望遠鏡後不久，他身上便發生了怪事。家父等人都很擔心家兄是否陷入瘋狂，而您大概也察覺了，我盲目崇拜家兄，對他的怪異舉動擔心得不得了。具體來說，家兄既不好好進食，也不和家人說話，在家時總窩在房間裡想事情。身形細瘦，像得了肺病般面色如土，唯有雙眼不停打轉。儘管他平時臉色本來就不太好，但又加倍蒼白沮喪，實在很可憐。即便如此，家兄仍然天天像要去上工似的，一大早就搖搖晃晃地出門，到了日落時才回來。即使問他去了哪裡，他也絲毫不肯透露。家母千方百計想要問出家兄悶悶不樂的原因，但家兄完全不願坦白。這樣的情況持續了一個月。

因為太過擔心，某一天，我在家母吩咐下偷偷跟蹤家兄，看他究竟去了哪裡。那天恰好和今天一樣是個昏暗的陰天，家兄在中午過後穿上悉心縫製、在當時極具西洋風格的黑天鵝絨西服，脖子上掛著這副望遠鏡，踩著不穩的腳步走向日本橋大道的鐵道馬車，而我則是不被他發現地跟上去。

說到這裡還行吧？然後，家兄等待前往上野的鐵道馬車，並且坐了上去。鐵道馬車和現在的電車不同，沒辦法搭乘下一節車廂追上去，畢竟車廂太少了。我不得已，心一橫拿出家母給的零用錢搭人力車。即使是人力車，只要是腳程快的車夫，也有可能不跟丟鐵路馬車。

家兄下了鐵路馬車後，我也下了人力車，繼續一路徒步跟蹤，結果抵達的目的地竟然是淺草的觀音廟。家兄從觀音廟前商店街路過佛堂而不入，穿過佛堂後面的見世物小屋之間和人群，來到方才提到的十二階，進入石門，付了錢，走進掛著『凌雲閣』匾額的入口，身影沒入塔中。我做夢也沒想到哥哥竟然每天都來這種地方，都愣住了。我當時還不到二十歲，幼小心靈產生了『哥哥被十二階這妖物魅惑』的奇怪想法。

我曾被家父帶去十二階一次，後來再也沒有去過，總覺得有些詭異，但既然家兄已經上去了，我也只好保持慢他一層樓的距離，爬上那昏暗的石階。那兒的窗戶不大，再加上磚牆很厚，裡頭像地下室一樣冷颼颼。不僅如此，當時適逢甲午戰爭，其中一側牆壁上排排懸掛著少見的戰爭油畫，表情像野狼般嚇人的日本士兵邊吶喊邊衝入敵陣，中國士兵被刺刀刺穿側腹部，雙手按住噴血的部位，臉部和嘴唇發紫地掙扎著，綁著辮子髮型的頭部被砍下，宛如氣球般飛上高空……這血淋淋的油畫鮮明到難以形容，在來自窗外的微光照射下散發著光澤。在這些油畫之間，陰森的石階就像蝸牛殼般無盡地向上延伸，給人的感覺實在太嚇人了。

塔頂只有八角形的欄杆，沒有圍牆，形成一條能眺望四周的走廊。抵達那裡之後，環境便突然明亮得令人吃驚，與先前昏暗的漫長路途形成對比。白雲近得幾乎伸手可及，我環視周遭，整個東京的建築物屋頂就像垃圾堆一樣混雜，品川的御台場有如盆石。我忍著頭暈目眩的感覺向下看，就連觀音廟的佛堂都變得好矮，臨時搭建的見世物小屋就像玩具，只看得見路上行人的頭和腳。

塔頂約有十幾名參觀客，擠成一塊露出害怕的表情小聲交頭接耳，眺望著品川那片大海的方向。一看之下，家兄正隻身一人站在遠處，用望遠鏡不停窺看整個淺草境內。我從他背後望去，只見哥哥穿著天鵝絨西服的身影清楚浮現在泛白而厚重的雲層中，下方的雜亂之物什麼都看不見，即使看出那是自己的哥哥，也莫名覺得他像西洋油畫中的人物般神聖，甚至令我不敢上前攀談。

但當我想起家母之命，便無法那麼做，於是就走近哥哥背後，出聲問：『哥哥，你在看什麼？』家兄驚訝地回頭，但只是擺出尷尬的表情，一句話也不說。我說：『父親和母親都非常擔心你最近的情況，很好奇你每天都跑去哪裡，原來是到這種地方來嗎？請告訴我原因吧！請至少向平時很要好的我吐露吧！』幸好附近沒人，我才能在塔頂勸說家兄。

儘管家兄遲遲不願吐實，但他似乎拗不過我一再請求，總算說出他心中隱藏了一個月的祕密。然而，那個令家兄煩悶的原因，又是另一件更加離奇的事。他說，大約一個月之前，他登上十二階並用這副望遠鏡眺望觀音廟境內時，在人海中瞥見一名少女。那少女美貌無比，不像世間所有，就連平時一向不對女人動心的家兄，也唯獨對那名望遠鏡中的少女澈底動了真情，甚至感到背脊發涼。

家兄當時只看了一眼，便吃驚得不慎移開望遠鏡，當他想要再看一次，朝著同一個方向拚命尋找，望遠鏡的另一頭就再也看不到那名少女的身影了。望遠鏡中的事物乍看很近，但實際上是遠方，況且又只看過一次，若要再次於人海中尋找，可說難如登天。

從此之後，家兄便忘不了那名望遠鏡中的美少女，他個性極為內向，開始犯起古早的相思病。這或許會被現在的人恥笑，但那個年代的人實在很純樸，很多男人都會對擦身而過的女孩一見鍾情，進而罹患相思病。不用說，家兄當然也是如此，他拖著沒有好好進食的衰弱身體，傷心地指望那名少女再次經過觀音廟境內，每天都像去上工似的，爬上十二階用望遠鏡窺看。戀愛這種東西真是不可思議呢！

家兄對我坦承之後，又開始像中了熱病般拿起望遠鏡窺看。我非常同情哥哥的心情，儘管他這種找人的行為很徒然，連千分之一的希望都沒有，但我完全不忍心阻止他，而是感動得眼眶泛淚，一直望著哥哥的背影。結果那時候……啊！我忘不了那個既古怪又美麗的光景。雖然已是三十多年前的事了，但當我如此閉上雙眼，那有如夢境的色彩便會鮮明地浮現。

如同我剛才所說，當我站在家兄背後，就只看得見天空，以及他那細瘦的西裝身影在模糊的高積雲中像畫一般浮上，令我差點把高積雲的移動看成哥哥的身體飄上空中。就在此時，突然有無數個紅、藍、紫色的圓球，像放煙火似的爭先飄上發白的天空。您應該聽不懂我在說什麼，但那有如畫像，又彷彿是什麼前兆，讓我有種難以形容的怪異感。我趕緊向下一看究竟，才知道是賣氣球的小販不小心讓橡膠氣球飛走了，但因為橡膠氣球在當時比現在罕見許多，所以即使知道那是什麼，我仍然有種奇妙的感受。

奇怪的是，這並不是什麼契機，但家兄恰好在這時露出非常興奮的模樣，蒼白的臉發紅，還氣喘吁吁地跑向我，突然抓住我的手，說：『走吧！不趕快去的話就來不及了！』拚命拉著我。我被他拉著跑下高塔的石階，問他緣由，才知道他似乎找到那名少女，而她正坐在鋪了嶄新榻榻米的大客廳，從這裡趕過去也還來得及。

家兄找到的大致方向位於觀音廟後門，有棵大松樹作為地標，大客廳就在那裡，但我和家兄兩人去到那裡尋找，雖然找到了松樹，但附近卻沒有像樣的房屋，簡直就像被狐狸迷惑了。我認為家兄弄錯了，但他萎靡不振的模樣太過可憐，為了讓他放寬心，我們也找了那附近的簡易茶屋，但仍然不見那名少女的蹤影。

八百屋於七

我和家兄在尋找的過程中走散，在簡易茶屋找一圈之後回到那棵松樹下，那裡有各種攤販，其中有一攤是窺戲箱，老闆正揮舞著鞭子發出啪啪聲招攬生意。我仔細一看，發現家兄正彎著腰，入迷地往窺戲箱的窺孔裡看。我拍拍家兄的肩膀，問他在做什麼，他便吃驚地轉頭，而我至今仍忘不了他當時的表情。該怎麼說呢？要用正在做夢來形容嗎？他表情放鬆，目光彷彿看著遠方，就連對我說話的嗓音聽起來都異常空洞。他說：『我們尋找的少女就在這裡頭。』

聽了這話，我連忙付了錢，往窺孔裡一看，裡頭是蔬果店阿七的窺畫，正好是在吉祥寺的書院裡，阿七依偎在吉三身上的一幕。我忘不了，當時擺出窺戲箱的夫妻正用鞭子打拍子，一齊以嘶啞的嗓音吟唱『雙腿交纏，眼神示意』的詞句。啊啊，那句『雙腿交纏，眼神示意』的古怪旋律，彷彿還在耳邊。

窺畫的人物是貼畫，應該是那一行名家的作品吧！阿七美麗的容顏栩栩如生，在我眼中看來像是真的活著，那麼家兄會那麼說也十分合理。根據家兄所說：『即使已知那名少女並非真人而是貼畫，我還是無論如何都不願意死心。儘管傷心，卻無法死心。只要一次就好，我想像那吉三一樣成為貼畫中的男子，和那名少女交談。』他這麼說，就此動也不動地站立在原地。我想了想，這窺畫箱的畫為了採光而在上方開洞，從十二階塔頂上斜斜地俯瞰肯定也看得見。

在那個時分，太陽已經快要下山，人潮變少，窺畫箱前只剩下兩、三個娃娃頭孩童還留戀著捨不得離開，在附近徘徊。從中午就沉甸甸的烏雲，到日落時彷彿立刻就要下起雨似的更加密布與覆蓋，天氣變得像要讓人瘋狂般難受。我耳中聽見太鼓的咚咚聲，這時家兄只是一直遙望著遠方，無止境地佇立原地。我感覺那段時間至少有一個小時。

太陽完全西落，當遠方踩球特技表演的瓦斯燈散發美麗光輝時，家兄像突然醒覺般冷不防抓起我的手臂，說：『啊啊，我想到一個好主意了！我有個請求，請你把這副望遠鏡反過來拿，用大透鏡那一側抵著眼睛，透過它來看我！』他這要求甚為奇怪，但即使我問為什麼，他也只說『別管那麼多了，拜託你』，不回答我的疑問。我天生原本就不太喜歡透鏡之類的物品，無論是望遠鏡或顯微鏡，都讓我覺得這種讓遠方之物飛到眼前、讓小蟲變得像怪物一樣大的作用像妖怪一樣噁心。家兄珍藏的望遠鏡我也不怎麼常使用，但也正因為很少使用，更覺得它是個具有魔性的儀器。更何況是在這太陽下山，連人的長相都看不清的寂寥觀音廟後方，要我用望遠鏡反著看自己的兄長，不僅瘋狂又令我感到詭異，但既然家兄都如此拜託了，我也只好照做。因為是反過來看，所以站在兩、三間外的哥哥變得像二尺般嬌小，但卻清楚浮現在黑暗中。望遠鏡中完全沒有其他景色，只有哥哥穿著西服的身影小小地站在望遠鏡正中央。家兄大概是倒退走吧？他在轉眼間越變越小，最終變成高一尺左右的可愛人偶。只見那身影飄浮在空中，接著便瞬間融入黑暗中。

我害怕起來，（這麼說大概會讓您覺得不符我的年紀，但當時恐懼感真的滲入我的骨髓），迅速拿開望遠鏡，大叫『哥哥』並衝向他消失的方向。然而，不知為何，我怎麼找都找不到他的蹤跡。以時間來看，他沒可能走遠，但四處都找不到他人。從此之後，家兄就消失在這個世界上了……在那之後，我變得更加害怕望遠鏡這種魔性的器械，尤其排斥這副不知是哪國船長持有的望遠鏡。別的先不說，唯有這副望遠鏡無論如何都不能倒過來看。我深信，要是將它倒過來看就會發生壞事。您現在應該已經明白，剛才我急忙阻止您將它拿反的原因了吧？

然而，當我找人找到累了，回到那個窺畫箱攤販前面時，我驚覺一件事。家兄該不會是太過迷戀貼畫中的少女，借助望遠鏡的魔力，將自己的身體縮小到和貼畫中的少女一樣大，然後進入貼畫世界中了吧？因此，我拜託尚未收攤的窺畫箱老闆，請他讓我看看吉祥寺那張畫。如我所料，家兄果然變成了貼畫，取代吉三抱著阿七，在提燈的光芒中露出開心的神情。

但是，我並不覺得悲傷，反而為家兄如願以償獲得幸福，開心得快要落淚。我和窺畫箱的老闆說好，無論那幅畫多麼昂貴，都一定要讓給我（奇怪的是，老闆絲毫沒有察覺貼畫中的雜役吉三變成了我的兄長）。我飛奔回家，將事情一五一十告訴母親，但父親和母親都說：『你在說什麼傻話？你難不成是瘋了嗎？』無論我如何解釋都不接受。您說這是不是很可笑呢？哈哈哈哈哈！」這時，老人一副極為滑稽的模樣，大笑起來。古怪的是，連我也和老人有同感，一起笑了起來。

「他們都認定人類不可能變成貼畫，但家兄在那之後便人間蒸發，這不就是他變成貼畫的證據嗎？他們甚至還做了方向錯誤的臆測，認為家兄離家出走了，真可笑！最後，我不管他們說什麼，向母親要錢，終於買下那幅畫，帶著它從箱根到鎌倉旅行，因為我想讓家兄來一場蜜月旅行。當我像這樣搭乘火車，就忍不住想起當時的事。我那時候也像今天一樣，將這幅畫立在窗邊，讓家兄和他戀上的少女欣賞外頭的景色。家兄不知有多幸福呢？就連少女都被家兄這等真心真意感動了吧？他們倆就像真正的新婚夫妻，害羞地紅著臉，彼此肌膚相親，如此恩愛地互訴情話。

後來，家父收掉東京的生意，搬到富山附近的故鄉，因此我一直住在那裡，距今也有三十多年了，我想讓家兄看看改變後的東京，所以就像這樣和家兄一起旅行。

然而，我跟您說，悲哀的是，儘管這名少女活得再久，畢竟是人的創作，所以不會變老，但家兄即使成了貼畫，說到底原本是個壽命有限的活人，所以會硬是改變形貌，和我們一樣變老。您看看，原本年方二十五的美少年已經如此白髮蒼蒼，臉上也長滿醜陋的皺紋，這對家兄來說是多麼悲哀的事啊！少女永遠年輕美麗，卻只有他自己逐漸汙穢地老去，真是太可怕了。家兄正露出悲傷的表情，從好幾年前便老是這副苦瓜臉。想到這點，我就覺得家兄實在太可憐了。」

老人黯然看著貼畫裡的老人，最後像突然醒覺似的說：

「啊啊，我不小心說了冗長又驚人的話題，但您應該能理解吧？您不會像其他人那樣，說我是個瘋子吧？啊啊，如此一來，我說出來就有意義了。我看，哥哥你們也累壞了，況且我又在你們面前說了你倆的故事，想必很難為情吧？那麼，現在就讓你們休息。」

老人說著，用黑色包袱巾輕輕包起貼畫的畫框。是我的錯覺嗎？貼畫裡的人臉似乎在那一瞬間稍微變形，有些害羞地用嘴角對我送上告別的微笑。老人從此陷入沉默，我也默默不語。火車仍然發出喀答喀答的低沉聲響，在黑暗中奔馳。

約莫過了十分鐘，車輪聲慢了下來，車窗外隱約可見三三兩兩的燈火，火車停靠在不知何處的山間小站，只見一名站務員隻身站在月台上。

「那麼，我先告辭了。今夜要在親戚家借住一晚。」

老人抱起畫框包裹輕輕站起，留下這句道別的話下了車。從車窗看出去，老人高瘦的背影（那和貼畫中的老人多麼相似啊）在簡易柵欄邊將車票交給站務員，然後就此沒入背景的黑暗中。

跟隨作家李欣倫的思索脈絡，挖掘故事裡細膩的感官隱喻！

1　小說正式描述「我」在火車上看到帶著貼畫旅行的男性前，先細緻描述「我」遠望海市蜃樓的景象。江戶川亂步如何描述海市蜃樓的場景？他花了不少篇幅描述，原因何在？

↓江戶川亂步以鮮活的譬喻形容海市蜃樓：「就像是在乳白色的底片表面倒上墨汁，墨汁逐漸滲入的模樣化為巨大無比的電影，投影在天空中。」由此可見，小說家常善用譬喻，讓讀者想像抽象的風景。此外，海市蜃樓展現的正是虛幻不實的風景，既符合小說一開始提到的「夢境」、「幻境」等辭彙，也與接下來「帶著貼畫旅行的人」之奇幻故事一致，彷彿先為接下來的故事主題暖場。讀者也可從小說家的示範中，學到：有些小說不直接進入主題，而是先提供一個類似的場景，讓讀者慢慢循著這樣的氛圍進入故事。

2 江戶川亂步如何描述那幅貼畫？從背景到人物，包含了哪些細節？

3 當小說中的敘事者「我」將望遠鏡拿反時，那位帶著貼畫旅行的老人為何發出悲鳴般的叫聲，甚至臉色鐵青、不停揮手？

4 從老人的家兄登上十二階的建築之後，小說便開始出現一連串奇怪的景象，找找看有哪些？這些景象在小說中達成何種效果？

抵抗現實的幻影城主

創作背景解析

暨南國際大學歷史系副教授
翁稷安

作家江戶川亂步，本名平井太郎，於一八九四年出生在日本三重縣，一九六五年因腦溢血去世。從他一九二三年投稿雜誌《新青年》出道直到他去世，四十多年的作家生涯，他完全投身於小說創作的時間卻非常有限。他多數的推理作品集中在二零年代到三零年代，那個日本從大正末期到昭和初年的轉折。從二次大戰爆發的一九四零年代開始，乃至一九四五年終戰之後，小說家江戶川亂步幾乎慢慢於世間消失，只剩下少量的創作，江戶川亂步轉換成推理小說評論家和推廣者的面容，創立日本推理作家協會，舉辦文學獎項，培育後進，直到去世。

即使在創作的高峰期，江戶川表現出來的也不是今日人們心中的大師印象。他不時對自己的作品和能力產生懷疑，數度公開宣稱封筆，又屢屢在他人鼓勵或個人技癢難耐下忍不住復出，反反覆覆，呈現出交雜著自信與自卑，自我厭惡與自我肯定的複雜情感。

或許年近三十才投身創作，中年危機成為如影隨形的鬼魅，又或者早年生活的波折也讓江戶川對自己小說家的能力產生懷疑。

他的父親是關西大學法律系的第一屆畢業生，在從事法律相關工作一陣子之後，自資開設了一間販售進口機械設備、煤炭的商店，一度生意蒸蒸日上，但不幸在一九一二年宣告破產。那年江戶川剛剛中學畢業，生活立刻從富裕落入困頓，先是放棄學業和父親前往朝鮮，但因為不甘心斷了求學之路，獨自返回東京，考入了早稻田大學預科並進一步攻讀該校的政治經濟學部。

從考試到畢業，江戶川都過著半工半讀的生活，做過許許多多不同的工作，不曾體驗過一般學生生活，也很少去上課，大部分的時間都花在圖書館裡，接觸到了愛倫坡、柯南・道爾等英美作家的推理小說，從此沉迷其中。

畢業之後，江戶川依舊延續著近似飄泊的人生態度，他自己估算過從大學畢業到成為偵探小說作家的八年之間，他總共換過十四、五種不同的職業，做最久的約一年半，短的半個月，並且四處搬家。宛如都市遊牧民族的生活，竟也結婚生子，在某次失業的空檔裡，他寫了處女作〈兩分銅幣〉和〈一張收據〉，投稿後雖獲得不錯的回響，但因為嫌稿費不夠養家，所以在發表後兩年的時間，都還只是玩票性質，直到各方開始前來邀稿，寫作收入穩定，才正式轉職為全職作家。一九二五年至一九二六年兩年間，他迎來了第一個創作的高峰期，共發表了二十九篇短篇，四部長篇連載，接著就陷入靈感枯竭的自我厭惡之中，第一次宣布封筆，一年半之後才重回小說的創作。

這也成為日後如同輪迴般的規律，這樣的輪迴，一方面見證了大眾文學在大正時期的崛起，推理小說開始獲得世人喜愛，日漸增加的需求量已到了將作家創作力榨乾的地步；另一方面，則體現了江戶川亂步欠缺「穩定性」或「社會性」

的獨特性格。他從小就和所謂的「社會」格格不入，由祖母帶大的他，小學時就不知道如何和同學相處，之後更成為校園霸凌的受害者，種下了他和「現實」決裂的種子。江戶川亂步曾這樣描述他的少年時代：「那裡有的是一個明明比別人對『他人刻薄冷漠相待』更敏感，卻戴著面具，看似無表情，一臉老實，其實內心強烈厭惡著現實的少年。」少年江戶川亂步喜歡在夜裡獨自在黑暗的城鎮裡遊蕩，不停自言自語，藉著這些只有自己聽得見的語句，打造出幻想的國度，「我發出那個國度中各種角色的聲音，自言自語地談論著遠

比現實世界更要現實的幻影國度的大小事。」（〈幻影城主〉）

這也說明了他對偵探小說的迷戀，無論是邏輯解謎的本格派或奇詭陰森的變格派，推理小說多半都立足在和現實偏離或平行的軸線上，更貼近少年江戶川於黑暗中幻想的世界。他從少年時就開始閱讀日本明治時期偵探小說家黑岩淚香的作品，到了大學接觸西方推理小說，更成為他一生摯愛，其中同樣試圖背離現實的愛倫坡（Edgar Allan Poe）對他影響最大，他的筆名「江戶川亂步」（Edogawa Ranpo）就取自愛倫坡的日文發音。

他先是以讀者的身分遁逃到那以犯罪和邪惡構成的天地，並在那世界反覆的召喚下，以小說家之姿開始建構這非現實的幻影城邦。整個創作生涯的走走停停，正反映著現實和非現實的拔河，一旦推理的幻影國都成為世間熱銷的「商品」，受到讀者和評論家估量和評論，原本的逃避也就成為負擔，到最後就只能復歸現實，學習以社會人的樣貌成為推理文學的推手。

這無疑是令人惋惜的發展，雖然作為推理小說的狂熱者，江戶川對於這文類有著充滿洞見的評析，但他筆下的謎樣世界卻是江戶川亂步才能創造的國都。

那是和現實對立的心靈，公開宣稱「小說」倘若只為「積極改善社會而寫」，自己必然會加以厭惡的姿態，甚至努力切割「偵探小說」和「純文學」之間的分野。推理創作者的想像當然會受現實影響，但江戶川更堅持那「文字謎團」自身的疆界，也只有保有這分「不可思議」才能傳達推理的魅力，也才能更進一步觸及人性的本質。他認為偵探小說的趣味在於「獵奇」：「這一方面意味著怪奇、神祕、恐怖、瘋狂、冒險、犯罪等的趣味，另一方面也意味著克服這些不可思議、祕密、危險的明快理智的趣味。」（〈偵探趣味〉）

綜觀他的創作生涯，可以說是從前者逐漸走向後者，每一次的封筆重啟，就更朝理智的一端多靠近了一些。但在早年的作品裡，尤其那些完成於二零年代後半的短篇裡，在案件的敘述和解謎之外，江戶川亂步更致力於挖掘表象之下人性欲望的幽冥暗流。

收於本書的四篇小說就是最好的例子，〈人間椅子〉（一九二五年）以人變成椅子的變身想像，描繪人心不可告人的原初欲望。〈阿勢登場〉（一九二六年）在男主角的自卑和女主角的自由之間，捕捉著「惡」的日常樣態。〈芋蟲〉（一九二六年）用一則藉對殘缺肉體的變態畸戀，析解情欲關係裡的宰制／被宰制。〈和貼畫旅行的人〉（一九二九年）是隱喻戀物癖的浪漫頌歌，在如夢似幻之間，質問著世間情為何物。

每一則故事都充滿著奇想，即使現實感最強烈的〈阿勢登場〉也保留一定程度對現實的背反；就算常被人解讀為挑戰昭和軍國主義的〈芋蟲〉，江戶川也公然反駁創作時絕無此念。細細推敲著四則故事的每一個句子，彷彿都會聽見那漫步於黑暗中，少年江戶川的喃喃自語。如果再仔細傾聽，你會驚訝地發現他所打造的世界，一點也不陌生或怪異，那是你我在想像力尚未遭現實生吞活剝之前，曾經沉迷的幻想。隨著所謂的「成長」，我們最終都被迫從幻影城邦裡自我流放，如同江戶川亂步的創作生涯，成為一個社會人，由理性、智性去理解現實，假裝沒有看見非現實的狂亂。

江戶川亂步曾為文討論偵探小說與童心之間的關係，強調唯有童心才能看穿大人的虛假，也才能理解小說試圖虛構的世界。他有點哀傷地寫道：「我小的時候很怕鬼，然而長大成人，忙於養家糊口之後，不管經過多麼漆黑的墓地，都不會害怕了。失去這種浪漫情懷，真教我無比哀傷。」（〈偵探小說與童心〉）

或許，透過推理小說，江戶川亂步試圖替自己或讀者留下殘存童心，雖然最終還是得向現實投降，但只要翻開這些作品，還是多少能重新喚回那對世間不可思議的想像和恐懼。

【參考資料】

01江戶川亂步著，王華懋譯，《幻影城主》（臺北：獨步文化，二零一二）

作家年表
江戸川亂步

年表整理
翁稷安

一八九四年

——十月二十一日生於三重縣，本名平井太郎。

一九零二年

——母親每天分享報紙連載的偵探小說，讓江戶川亂步第一次對偵探小說產生興趣。

一九零八年

——父親在名古屋市南伊勢町創立了平井商店，業務包括轉售進口機器、代理外國保險和販售煤炭。

一九一二年

——平井商店經營不善，宣布破產。江戶川亂步中學畢業，放棄就讀第八高等學校，全家遷往朝鮮。最後他決定一人返回東京，開始打工生涯。

一九一三年

——八月，完成預科課程，並進入早稻田大學大學部政治經濟學科就讀。入學後開始閱讀愛倫坡和柯南・道爾等人的作品，開啟了對短篇偵探小說的興趣。

一九一六年

——八月，早稻田大學政治經濟系畢業，出社會後不斷轉換職業。

一九一八年

——第一次閱讀杜斯妥也夫斯基的作品，深感著迷。

一九一九年

——十一月，與村山隆子結婚。

一九二一年

——二月，長子隆太郎出生。

一九二三年

——以江戶川亂步為筆名，於《新青年》發表〈兩分銅幣〉，正式出道，並於隔年決定成為全職作家。

一九二五年

——發表了〈D坂殺人事件〉與〈心理測驗〉廣受好評，光是這一年便發表了〈帕諾拉馬島綺譚〉、〈屋頂裡的散步者〉、〈人間椅子〉等十七篇作品，名偵探明智小五郎也首次在小說中登場。

一九二七年

——三月，由石井漠主演的電影《一寸法師》上映，然而諷刺的是，江戶川亂步卻對該作品感到厭惡，首次宣告封筆。

一九二八年

——連載長篇小說〈陰獸〉廣受好評，此後長篇連載作品不斷增加。

一九三二年

——三月，第二次宣告休筆。

一九三五年

——去年因經歷了小說連載的腰斬，以及文壇的惡評，決定遠離創作，轉而從事以評論、編輯等為主的工作。

一九三六年

——開始撰寫少年偵探小說《怪人二十面相》、《少年偵探團》、《妖怪博士》等作品。

一九三九年

——三月，〈芋蟲〉因為被視為反戰遭官方查禁，之後幾乎所有作品都被禁，不得已決定隱居。

一九四五年

——三月東京大空襲，和家人疏散至福島，八月十五日天皇發表終戰詔書，戰爭結束，舉家返回東京。

一九四七年

——六月，成立「日本偵探作家俱樂部」，江戶川亂步被選為初代會長。

一九六一年

——十一月，因長年來對偵探小說的貢獻而獲得紫綬褒章。

一九六五年

——七月二十八日，因顱內出血在自宅去世。享年七十歲。

言寺 89

青春選讀！！
江戶川亂步 短篇小說選

作　　者　江戶川亂步
譯　　者　伊之文
總 編 輯　陳夏民
插畫繪製　目前勉強
責任編輯　達瑞
設　　計　達瑞

出　　版　逗點文創結社
地　　址　330 桃園市中央街 11 巷 4-1 號
信　　箱　commabooks@gmail.com
電　　話　03-335-9366

總 經 銷　知己圖書股份有限公司
台北公司　台北市 106 大安區辛亥路一段 30 號 9 樓
電　　話　02-2367-2044
傳　　真　02-2363-5741
台中公司　台中市 407 工業區 30 路 1 號
電　　話　04-2359-5819
傳　　真　04-2359-5493

製　　版　軒承彩色印刷製版股份有限公司
印　　刷　通南彩色印刷股份有限公司
裝　　訂　智盛裝訂股份有限公司
倉　　儲　方言文化出版集團

I S B N　978-626-97825-8-1
初版 1 刷　2024 年 3 月
定　　價　300 元

國家圖書館出版品預行編目（CIP）資料｜青春選讀！！江戶川亂步短篇小說選／江戶川亂步 作 . 初版 . 桃園市：逗點文創結社 2024.3　280 面；10.5×14.5 公分（言寺；89）ISBN 978-626-97825-8-1（平裝）　861.57　113000743

青春選讀

江戸川亂步